D0873377

CORÍN TELLADO

No se lo digas a ella

punto de lectura

Título: No se lo digas a ella
© Corín Tellado, 2002
© De esta edición: septiembre 2002, Suma de Letras, S.L.
Barquillo, 21. 28004 Madrid (España) www.puntodelectura.com

ISBN: 84-663-0898-9
Depósito legal: M-39.416-2002
Impreso en España – Printed in Spain

Diseño de colección: Ignacio Ballesteros

Impreso por Mateu Cromo, S.A.

CORÍN TELLADO

No se lo digas a ella

Uno

Vamos, vamos, Ernest, no exageres. Hablándome de ese modo me pareces bestial. Los sentimientos cuentan, ¿no? Al menos, yo opino que deben contar.

Frank hablaba y miraba en torno suyo.

Apenas si detenía la vista en el rostro de su amigo Ernest.

¿Cuánto tiempo hacía que él no veía a Ernest? Mucho. Pero le gustó verlo. Le emocionó incluso encontrarlo en Hastings, después de casi cuatro años.

Él y Ernest Nesbitt fueron siempre grandes amigos, íntimos amigos ya desde la infancia. Vecinos en aquel elegante barrio londinense, asistieron juntos al colegio seglar, donde cursaron el bachillerato. Más tarde pasaron a la universidad. Él terminó medicina, pero, por lo visto, Ernest no terminó nada.

Por eso él le llamaba bestial. Ernest contaba cada cosa que dejaba a uno temblando.

—Siempre fuiste un niño mimado —continuó Frank, mirando ahora detenidamente a su amigo—. Tuviste mucha suerte, Ernest. Alguna vez me dije para mí, si tendrías tú razón al tomar la vida en broma. Yo, la verdad, la tomé en serio.

—Ji —rió Ernest, al tiempo de encender un largo cigarrillo, del que fumó con deleite—. Si un día tomo la vida en serio, me muero. Aunque, te repito, aunque me llames bestial, que estoy tratando de tomarla, pero de la forma que te dije —se inclinó sobre el tablero de la mesa. La cafetería se llenaba más de clientes a aquella hora avanzada de la tarde. —Esta vez voy a sentar la cabeza.

Frank bostezó.

Tenía demasiadas preocupaciones para pensar en serio en lo que decía su amigo.

Tan pronto miraba hacia la barra donde se apiñaba un grupo de jóvenes, como miraba la lámpara que pendía del techo, como posaba los ojos cansados en el rostro resplandeciente de Ernest.

Suerte que tenía Ernest.

Siempre fue así. Despreocupado. Holgazán, perezoso.

Pero formidable. Él hubiera querido haber tomado la vida a broma como Ernest la tomó. Haber disfrutado tanto como seguramente Ernest disfrutaba. Tener una docena de novias cada semana, y dejarlas tranquilamente.

Pero no. Él estudió la carrera de médico, se especializó, se casó en seguida, tuvo seis hijos y trabajaba sin cesar. Cierto que consiguió fama, pero… ¡a costa de no pocos sacrificios!

—O sea, que no has terminado carrera alguna —insistió Frank.

Ernest se echó a reír.

Tenía una risa contagiosa.

Una mirada azul vivísima. Un cabello rubio oscuro resplandeciente, peinado con la mayor corrección. Vestía a la última. Llamativo y deportivo, y sus dedos eran tan finos, que a Frank hasta le daba miedo, pensando que un día Ernest tuviera que someterlos a duros trabajos.

Pero no. Ernest decía en aquel instante.

—Yo opino que las carreras universitarias no sirven la mayoría de las veces, más que para dar disgustos y para romperte la crisma; ¿sabes que yo, cuando gasté la herencia de mis padres, me dediqué a los negocios?

Frank le miró burlonamente.

—¿Drogas?

—No seas burro. Coches.

—¿Coches?

—Sí, coches. Compro y vendo coches, como compro y vendo relojes, si se tercia. Gano en una semana dos mil libras, pongo por caso, y, durante otras dos semanas más, me dedico a viajar, conocer gente, buscar lo que te dije. Una mujer rica.

—Bestia.

—Rica, sí. Pienso casarme con una chica rica. Y viviré como un rey. ¿El cariño? ¡Qué bobería! El caso es encontrar la forma de no trabajar. Me descompone el trabajo. Estoy cansado de vender autos, de vender casas, de vender relojes y de vender lo que sea. Incluso hubo una temporada que me dediqué a vender joyas. ¿Qué me dices? Ah, y eso siempre desenvolviéndome en un mundo selecto, con el fin, fíjate bien, de encontrar una muchacha de buena familia, heredera de una saneada fortuna, que me mantenga.

—Eres un…

Ernest le atajó riendo.

—No lo digas. Guárdatelo para ti. ¿Sabes por qué estoy estos días en Hastings? A tomar baños de sol y, de paso, moviéndome entre la alta sociedad, posiblemente me case con una rica que además me guste. Eso puede ocurrir.

—Y cuando gastes su fortuna, te divorciarás y en paz —rió Frank a su vez.

—Nadie se acerca aquí a servirnos —farfulló Ernest—. Iré yo a buscar dos whiskys. ¿Con soda, Frank?

—Bueno. Pero dispongo de poco tiempo, ya sabes. He de subir al hospital antes de dos horas.

—Después de tanto tiempo sin vernos… En seguida estoy contigo.

Al ponerse en pie, Frank pudo apreciar una vez más el elegante estilo de su amigo Ernest. Siempre fue así. Distinto a todos los demás. Alto, firme, esbelto. Con una elegancia natural…

Frank sonrió.

Él siempre apreció mucho a Ernest. En el fondo, y pese a sus múltiples ambiciones, era una gran persona. Lástima que se aficionase tanto a la buena vida, que los estudios no le tentasen, y que tuviera unos padres tan blandengues.

Eso fue. Los padres. Tanto le mimaron que cuando quisieron darse cuenta, se murieron sin que Ernest estudiase una carrera.

Y ahora, le salía con que pensaba casarse con una chica rica… Las chicas ricas no abundaban, y las que había, por lo regular, buscaban maridos ricos como ellas.

Pero se alegraba de haberse topado con Ernest.

Tenía que invitarlo a casa y presentárselo a Norma.

Norma le había dado seis hijos y no era rica. Rico se hizo él a fuerza de cortar órganos y todo lo que se le pusiera por delante.

10

Ernest ya regresaba con los dos whiskys.

—Todo. Para que veas que me acuerdo. Tú con hielo y sin agua, y yo con soda y sin hielo.

—Me alegro de haberte encontrado, Ernest. Oye, ¿irás a cenar esta noche a mi casa? Tengo ganas de que conozcas a mi mujer. Cuando me casé y te busqué para que fueras a mi boda, te habías ido a las Bermudas.

—Me pego una vida padre —dijo Ernest divertido—. Soy un tío con suerte.

En aquel instante, de súbito, dijo Frank.

—Perdona.

Y se puso rápidamente en pie.

Ernest pudo observar que una joven, que aparecía en medio de un nutrido grupo de jóvenes, se destacaba de éste y se acercaba al cirujano.

—Frank —dijo— no me has mandado el diagnóstico.

—Perdona, Maud… No tuve tiempo. Te aseguro que de hoy no pasa. Oye… ¿por qué no pasas mañana por mi clínica?

Ernest miraba a uno y luego al otro.

Frank parecía muy interesado en ser amable con aquella chica. Y la chica en cuestión, si bien no era guapa, tenía no sé qué. Y, sobre todo, lucía un brillante en un dedo, que calculando su valor, casi le cuesta un soponcio.

Era fabuloso.

Vestía a la última. Iba de *sport*, con un estilazo imponente.

—Trataré de ir el sábado —decía en aquel momento—. Te doy mi palabra. Pero ya estoy preocupada, Frank. Después de tratarme durante tanto tiempo…

Ernest, a todo esto, había considerado correcto ponerse también en pie. Frank se percató de ello y dijo:

—Oh, perdona, Maud. Te presento a mi amigo Ernest Nesbitt —miró a su amigo—. Ésta es mi amiga y cliente, Maud Brook.

Muy galante, Ernest dio la mano a la joven.

Ésta lanzó sobre él una quieta mirada. Tenía unos ojos verdes fabulosos, dentro de un rostro no demasiado perfecto.

—Encantada.

—Mucho gusto.

Maud dejó de prestar atención al amigo de su médico.

—Iré el sábado sin falta, Frank. Buenas tardes.

Después miró a Ernest.

—Encantada, repito.

—Igual digo.

Se fue.

Los dos, Ernest y Frank la siguieron con los ojos y vieron que se reunía con un grupo de jóvenes, y se iba camino de la puerta que conducía a la sala de fiestas.

—¿De los Brook de los astilleros?

—Sí —dijo Frank—. Una rica heredera. ¡Riquísima!

—Hum… ¿Soltera?

—Sí.

Frank se llevó el vaso a los labios. Por encima del borde miró a su amigo.

—Y sin compromiso.

—Todos esos mocosos andan a su caza. Imagínate, además no tiene más familiares que su padre.

—Menuda…

—Su padre, que es un hombre de negocios deseoso de encontrar un yerno a su medida.

—¿Y qué medida tiene?

Frank se echó a reír.

—Habiendo tanto dinero por medio… ¡Bah! Imagínate.

Ernest quedó pensativo.

Muy despacio se llevó el vaso a los labios y bebió a pequeños sorbos.

—¿Y qué mal tiene?

—¿Qué mal… qué?

—Qué mal tiene, hombre. Dices que le darás el diagnóstico el sábado.

—Ah… —una loca idea surgió en el cerebro de Frank—. Pues… como ya sabes, soy cardiólogo.

—Sí.

—Pues eso.

—¿Eso, qué?

—Eso…

—Frank, no acabes con mi paciencia.

—¿Pero qué te importa a ti ese caso? Ernest se mojó los labios con la lengua. Estaba un poco harto de ir de un lado para otro. Le gustaba la ciudad de Hastings. Sus amplísimas playas, su clima suave…

—Es posible que deje el hotel —dijo— y busque un apartamento y me quede a vivir aquí.

—Ah —Frank lo estaba pasando muy bien—. ¿De veras? Aquí no tienes tanto negocio como en Londres.

—Puedo hacerlo yo, ¿no?

—¿De qué manera?

—No lo sé —miraba hacia la puerta por donde había desaparecido el grupo de jóvenes de ambos sexos—. Todo depende.

Frank soltó la bomba.

—La pobre Maud está condenada a morir.

Ernest dio un salto.

Soltó el vaso, se inclinó sobre el tablero de la mesa.

—¿Qué… dices?

—Ah… Pensé que te habías dado cuenta.

—¿Cuenta de qué?

—De eso.

—Frank, no acabes con mi paciencia.

—No grites. Nadie sabe nada. Yo soy su médico desde que empezó a ser mujer. Ahora tiene veintitrés años. Está del corazón hecha polvo.

—Ah.

—Un año, dos… No tanto, no tanto. Lo peor es que se morirá sin herederos.

—¿No… —parpadeaba Ernest mientras hablaba y mientras su cerebro caminaba a velocidad supersónica— ¿puede tener descendencia?

—Bueno, tal vez pueda, pero le costará la vida.

—Oh…

—¿Bebemos otro whisky?

—¿No decías que tenías mucha prisa?

Ya no la tenía.

Aquel juego le estaba gustando.

Dos

Ahora soy yo el que va a buscar dos whiskys —y en voz más alta dijo—: camarero…

El camarero acudió.

—Dos whiskys. Uno con soda y sin hielo. El otro con agua y con hielo.

—Sí, doctor.

Se fue el camarero.

—Aquí te conoce todo el mundo.

—Hombre, la ciudad no es grande. ¿Qué habitantes tendrá Hastings? No sé, pero no muchos, desde luego. No soy estadista. De todos modos, soy demasiado conocido para pasar inadvertido en una cafetería de esta categoría, donde sólo viene gente rica… —encendió un cigarrillo y miró en torno suyo—. Es agradable estar aquí, ¿eh?

—Oye, Frank, dices que la chica está condenada a morir.

—Sí —rotundo.

—Pues merece la pena.

—¿Qué dices?

—Yo soy como un gallito entre las mujeres. Las enamoro en seguida. Hace tiempo que ando buscando una mujer así. Rica, no demasiado guapa, con poca familia, y si está condenada a morir… mejor.

La mirada de Frank era agudísima.

—O sea que… para tus treinta años… esa chica Maud, puede ser… interesante.

—Puede.

—¿No te da miedo que te deje viudo?

—¿Viudo y rico? No, hombre.

—Bueno, pues allá tú. A mí me parece algo bestial. Como me lo parecía lo que me contabas de que buscabas una mujer rica para dejar a un lado tu celibato.

—El amor es lo que es.

—¿Qué es? Porque no me dirás que para ti es esencial.

—Claro que no. ¡El amor! ¡Qué bobería!

El camarero regresó con los dos whiskys.

Frank pagó y bebió un sorbo del suyo.

—Voy a tener que irme.

—Oye… ¿estás seguro de que se morirá?

—Anda, pues claro. Pero ella no lo sabe, ¿eh? Ni ella ni el padre. William Brook, si lo supiera, se volvería loco. Ahí, es nada. Millonario, solo y perdiendo a su única hija.

—Supongo que si su hija se casa y tiene un hijo…

—Será la muerte para ella.

—¿El hijo?

—Sí, Ernest. Pareces tonto de remate. Te digo que si tiene un hijo, ella se muere.

—Pero no tiene por qué morir el hijo, ¿no?

—Hombre, no. Pero… ¿qué estás pensando?

—Conquistarla.

—¡Ernest!

—Hace tiempo que busco una cosa así. Ella tendrá el hijo, éste será el heredero de su abuelo… Y como a la vez ese heredero será hijo mío…

Frank no movió los ojos.

Se diría que estaba divirtiéndose o maldiciendo el egoísmo de su amigo.

No era fácil saber lo que Frank pensaba en aquel momento.

—Eres un cafre, Ernest. Me duele haberte encontrado. Yo pensé que en tu maldita ansiedad por ser rico, quedaba en ti algo de humanidad.

—Humanidad —farfulló molesto—. ¿Qué es eso? Si estás alto, todos te adulan. Si te caes, todos te pisan. Humanidad. Yo no sé lo que significa esa palabra. Además, he sido rico toda mi vida. Primero, porque mis padres me dejaron una buena herencia.

—Que gastaste en seguida.

—Y, después, porque yo supe componérmelas para vivir como un millonario.

—Entrampado.

—Pero como un millonario, al fin y al cabo. Bueno, como te decía… voy a quedarme en Hastings, y cortejaré a esa chica enferma.

—Ojo con la enfermedad. Ella no sabe nada.

—¿Y el padre?

—Creo habértelo dicho. Tampoco. Yo soy un buen amigo de Will Brook, y no le daré un disgusto por nada del mundo.

—Pero como médico de Maud…

—Hay cosas que vale más ignorarlas. Eso es lo que yo hago con Maud.

Ernest se movió inquieto en la silla.

—¿Estás seguro de que se muere?

—Hombre, tiene una lesión en el corazón como una casa de grande. No hay esperanza.

Ernest se restregó las manos.

—Esta es la mía.

—¡Ernest!

—¿Qué pasa? Me gustaría verte en mi lugar.

—Pero tú, en el fondo, pese a tu egoísmo, siempre has sido un hombre honrado y noble.

—Ta, ta.

—¿Es que estás pensando en serio?

—Y tan en serio. ¿Oye, adónde se va por esa puerta?

—A una sala de fiestas.

—Gracias, Frank. Siento dejarte.

—Oye, oye… No me has dicho si irás a cenar a mi casa esta noche.

—Procuraré ir —le guiñó un ojo—. Según… según se me dé Maud.

—Ernest, ven aquí.

Ernest obedeció.

Tan elegante, tan fino, tan esbelto… parecía un artista de cine. Pero tenía una mirada azul ambiciosa y Frank pensó… pensó muchas cosas.

—¿Qué quieres?

—Le diré a Norma, mi mujer, que irás a cenar con nosotros. Si quieres y puedes… —como al descuido— llévate a Maud a cenar a mi casa.

—¿Es… amiga de tu esposa?

—Bastante. Se conocen lo suficiente.

—Lo conseguiré.

—¿Conseguir, qué?—preguntó Frank entre burlón y grave.

—Casarme con ella.

—Oye, Ernest, recapacita. Es una chica enferma. Es muy noble, muy sensible. No tienes derecho a dañarla.

18

Y, además, te advierto que si te casas con ella, tendrás que trabajar lo tuyo. No creo que William Brook consienta en mantener vagos.

—A veces, uno está deseando hacer algo. Aunque sea poco. Algo que le entretenga. Y los negocios no se me dan mal. Trabajar, además, en la empresa de uno es como un juego divertido.

—O sea, que estás seguro de conquistar a Maud.

—Qué tontería. ¿Me ves cara de bobo?

—Ernest, un segundo más. ¿Estás seguro de que es eso lo que deseas? Es una mujer condenada a morir. Puede morirse al otro día de casarte con ella. A los dos meses, al año. A los nueve meses, si cometes la locura de que ella tenga un hijo.

—No me gusta el matrimonio —farfulló Ernest seriamente—. Ya te dije que pude estar casado y que procuro apartarme de las mujeres que me atraen demasiado. Buscaba una rica heredera para cambiar de vida. Pero si además de ser una rica heredera, me garantizas tú que me va a dejar libre dentro de un año o dos meses…

—Eres un tipo bestial.

—Qué bobada. Uno tiene que pensar en sí mismo. Ciao, Frank.

—Aguarda.

—Iré a comer tan pronto pueda. Y si puedo, y yo casi siempre puedo con las mujeres… llevaré a Maud conmigo.

—Oye —parecía sofocado Frank—. Ni una palabra… de su enfermedad.

—¿Me crees idiota?

—Y si llegas a conocer a su padre…

—Que lo conoceré.

—Ni una palabra de la enfermedad de su hija.

—Por la cuenta que me tiene… Pierde cuidado. *Ciao* amigo.

—Estás loco.

—Bueno, pues sí.

—Oye, Frank…

—Lo siento, Norma.

—¿Y ahora?

—A esperar.

—Frank…

—No me sermonees, cariño.

—Pero…

—¿Se han acostado los niños?

—Sí, pero, óyeme, Frank, querido mío…

Frank no la oía.

Los niños se habían acostado y él tenía unas ganas locas de abrazar y besar a su mujer. Norma era una chica preciosa. Norma estaba llena de ternura. Norma era toda su vida. La besaba mucho. En plena boca. En aquel su hacer voluptuoso.

—Para, Frank…

—Vida mía, si no te he visto en todo el día.

—Es que me has contado algo que…

—Tú tranquila, ¿eh?

—¿Tranquila?

—¿Quieres estarte quieta?

No podía. ¡Frank tenía cada cosa!

Dejó que la besara largamente. Levantó los brazos y le cruzó el cuello con aquel dogal. Besó a su vez, pero entre beso y beso, susurraba.

—Es una locura.

—Sí.

—Frank, deja de besarme.

—No puedo dejar de besarte, cariño.

—¿Y dices que vendrán a cenar?

—No creo.

—Frank, basta y óyeme.

—Querida…

—Es que…

—Ya sé.

—Qué vas a saber.

Un silencio.

Norma era una chica de cabellos leonados, ojos marrones, sonrisa preciosa.

Él la tenía apretada contra sí.

Rodó con ella en el canapé.

—Frank… sé juicioso.

—Hum.

—Basta, Frank.

—¿Basta?

—Es que estábamos hablando.

—De ti y de mí, sí. De nadie más.

—Pero tenemos que hablar de tu amigo Ernest.

—Ya, ya.

—Eres un…

—Estáte quieta, amor.

—¿Y si viene a cenar con Maud?

—No vendrá.

—Tú has dicho…

—He dicho, pero no será todo tan fácil para Ernest.

—Le has jugado…

—¡Cállate!

21

—Pero me duele.

—¿Y a mí? ¿No me duele que se haya convertido en un fósil?

—En el fondo… Yo te oí muchas veces hablar de él.

—Ya.

—Y le apreciabas.

—Y le aprecio.

—Pero…

—Norma, cariño mío, amor mío. Que estoy rendido de trabajar. Que no puedo más, que te adoro y te deseo, y me parecen poco seis hijos.

—Nunca tendrás remedio.

—¿Estás descontenta conmigo?

Se apretaba contra él, mientras lo besaba.

—No seas tonto. Ya sabes… ya sabes…

—Pues calla un poco, cariño mío.

—Es que has hecho una barbaridad.

—¿La que estoy haciendo?

—Frank…

—Di, di.

Otro silencio.

Mucho tiempo después dijo:

—Lo de Ernest.

—Bah.

—A veces me das tanto miedo con tus… genialidades…

—¿No te gustaría llegar a la docena de hijos?

—Pobre Ernest.

—¿Qué dices?

—Que estoy pensando en él.

—Y yo en los doce hijos.

Terminó por callarse, querer y dejarse querer.

De repente sonó el teléfono.

Norma se tiró del canapé, recogió la bata del suelo y, poniéndosela, fue hacia el aparato telefónico.

—Sí...

—¿Está Frank?

—¿De parte de quién?

—De Ernest Nesbitt.

—Ah, un momento... —tapó el auricular—. Es... Ernest.

A regañadientes, Frank se tiró del canapé y fue hacia el teléfono, sujetando los lentes que se ponía torpemente.

—Siempre tienen que fastidiar a uno en los momentos más inoportunos. No te marches, Norma.

—Pero, cariño, que tengo que preparar la comida.

—Diga —murmuró Frank de mala gana.

—Oye, no sé si podré ir a cenar contigo.

—¿Y eso?

—Sigue bailando con los amigos. No tuve aún ocasión de acercarme.

—Le hará daño bailar tanto.

—Frank.

—Sí.

—¿Estás seguro de que está enferma para morirse?

—Vaya... ¿Escrúpulos ahora?

—¿Qué escrúpulos ni qué mierdas? —chilló Ernest—. Lo que pasa es que tengo miedo que se muera en brazos de uno de esos amigos.

—No ocurrirá así, tan de repente.

Norma, que le oía, movía la cabeza enfadadísima.

Pero Frank parecía muy serio. Y su voz sonaba grave.

Al otro lado, la de Ernest se impacientaba.

—El humo que hay en la sala es espesísimo.

—Pues cuando salga, procura acercarte a ella y llévala caminando hasta su casa.

—¿Y si van con ella los amigos? ¿Y si tiene el auto ahí fuera?

—Que lo tendrá.

—Pues no sé lo que hacer. Ah, espera. Creo que en este instante se va al bar a tomar una copa. Es el momento de abordarla. La veo desde aquí. *Ciao*, Frank.

—¿Vendréis a cenar?

—Otro día.

—¿Mañana?

—Dile que no se case —gritó Norma.

Ernest preguntó.

—¿Qué dice tu mujer?

—Cosas de mujeres. Nada.

—Dijo algo de casarse.

—Dice que no debes casarte con Maud.

—Se me está metiendo esa idea en el cerebro de modo obsesivo.

—¿La de no casarte?

—La de casarme. Pero, oye, oye. No cuelgues. Pídele a tu mujer que no se lo diga a ella. Nunca, ¿eh? El porqué me caso.

—Allá tú. Yo te advertí. Mi mujer no dirá nada y yo tampoco. Pero allá tú.

Y colgó.

Al volverse, se encontró con los ojos censores de Norma. Pero él estaba deseando olvidarse de las memeces de su amigo Ernest.

Tres

Maud sacó un cigarrillo del bolso y se lo llevó a los labios. De repente encontró una llama ante sí. Miró.

—Oh… gracias.

Fumó aprisa.

—Seguro que no me recuerda.

Maud era bastante despistada. ¡Tenía tantos amigos!

—Soy Ernest Nesbitt… Nos presentó hace cosa de dos horas su médico.

—¿Frank Romand? —preguntó Maud graciosamente—. Sí que recuerdo. Gracias otra vez.

Los dos recostados en la barra, se miraron de hito en hito.

Maud pensó que aquel hombre ya no era un crío. Y era muy guapo. ¡Guapísimo!

—¿Quiere tomar algo?

—Venía a tomar un brandy.

¡Brandy! Para su lesión cardíaca… Pero, bueno. Allá ella.

—Un brandy —pidió Ernest al barman— y un whisky.

—Al instante, señor.

Ernest miró a la joven. La miró más detenidamente.

La verdad es que él era apasionado de la belleza. La belleza en todas sus manifestaciones. Aquella chica no era guapa, pero tenía no sé qué.

Tenía mucha clase. Vestía muy bien. Él no entendía mucho de trapos, pero en algún sitio, en París, oyó decir que Rodier era la mejor firma para una mujer elegante, que prefiriera el *sport*. Aquella llevaba un conjunto de pantalón de un tono palo de rosa, camisa azul y chaqueta corta, del mismo género que el pantalón, también palo de rosa. Tenía el cabello de un tono castaño, abundante, peinado corto y con una gracia muy femenina. La nariz era más bien chata, pero los ojos eran fabulosos, aunque los pómulos resultaran un tanto salientes.

Y, sobre todo, tenía un gran estilo.

—Sus amigos la estarán esperando.

—Olvídate de mis amigos —dijo Maud tuteándole.

Ernest pensó que empezaba a ganar terreno.

—¿No tienes novio?

—No. ¿Y tú tienes novia?

—No.

—¿Eres romántico?

—Bueno… todo hombre lo es un poco, aunque lo niegue.

—Yo lo soy mucho.

—¿Romántica?

—Sí. Y sentimental.

—Su brandy y su whisky, señor.

Ernest se apresuró, galantemente, a ofrecerle la copa a Maud.

Pensó: «Su corazón».

Pero si ella quería beber…

Tal vez debiera Frank ser sincero con Maud. O, por lo menos, con su padre. Pero mejor que no lo fuese. De ese modo… él podría casarse con ella. Si el viejo Brook supiese que su hija estaba condenada a morir, seguro que no le permitía casarse.

—Gracias —dijo ella.

Y empezó a beber el brandy.

De repente se acercaron dos amigos.

—Te estamos esperando, Maud.

—Oh, es verdad —y de seguido, como si de repente la entrara prisa, añadió—: os presento a Ernest Nesbitt. Éste es Sam, mi amigo, y éste es James, otro amigo.

Los saludó de rigor.

Y, después, Maud apuró el resto del contenido de la copa y se colgó de los brazos de sus dos amigos.

—Adiós, Ernest.

—¿Nos… volveremos a ver?

—Seguro. Si vives en Hastings, estoy segura de que volveremos a vernos. No es Hastings demasiado grande.

Ernest se mordió los labios.

Él era un tipo por el cual se derretían todas las chicas. Incluso le escribían cartas y le declaraban su amor.

Aquella Maud, por lo visto, le daba poca importancia.

Bebió el whisky de un trago y decidió irse a la pista. La vio bailar con todos sus amigos. Todos parecían cortejarla.

Y ella, la verdad, como si nada. Para todos era igual. Cordial y amable, pero con una amabilidad muy convencional.

Hubo un momento en que la vio sola.

«O me caso con ella, se dijo, o reviento. Este negocio no me lo puedo perder yo.»

Se lanzó hacia el rincón donde Maud respiraba, acercándose a una ventana.

«Esto es la muerte para ella», pensó. «Cuando se case, la traeré a bailar para que se muera cuanto antes.»

—Si me concedieras este baile —le dijo Ernest apresurándose antes de que volvieran los amigos.

Maud le miró como intrigada.

—Es que estoy esperando a James. Ha ido a refrescarse un segundo.

—Entre tanto… tal vez te guste cómo bailo yo.

Ella hizo un mohín.

—Pues vamos.

La enlazó por la cintura.

Él tenía una forma especial de hacer las cosas. De oprimir bailando, de gustar a las chicas, de decir lo que ellas preferían.

—Estás guapísima.

Maud era más baja que él.

Levantó vivamente la cabeza.

—¿De veras te lo parezco? —y riendo graciosamente, con suave coquetería, prosiguió—: no soy guapa y lo sé. Nunca me engaño a mí misma. ¿Sabes?

—¿Nunca?

—Jamás.

—Pues a mí me pareces preciosa.

—Tengo una nariz demasiado chata.

—Me gusta.

—Y una boca grande.

—Me encanta.

—Por lo visto estás coqueteando conmigo.

—No tanto. No soy de los que coquetean así como así.

Maud se apartó un poco para mirarlo con curiosidad.

—¿De veras? Mis amigos me agobian.

—¿Te agobian?

—Coqueteando conmigo.

«Menudo negocio», pensó Ernest. «Joven, no demasiado fea y rica...»

—Ji.

—¿De qué te ríes?

—De tus amigos.

—Son muy buenos y son mis amigos —dijo Maud muy seria.

—No lo dudo, pero... no te conocen.

Maud volvió a apartarse para mirarlo.

¡Mira que era guapo aquel chico! ¿De dónde lo sacaría Frank? Al día siguiente iría a buscar el diagnóstico y se lo preguntaría.

—¿Qué no me conocen?

—No saben que los halagos no te agradan.

—¿Y por qué lo sabes tú?

—Porque tengo sicología y mis añitos.

—¿Cuántos años tienes?

—Treinta.

Además, eso. ¡Treinta años! Todos sus amigos eran casi imberbes. James no había terminado la carrera de abogado, y eso que iba muy bien. A Daniel le faltaba un año para ser ingeniero naval. Nick acababa de terminar dentista.

—¿Vives aquí, en Hastings?

—Estoy de paso.

—Ah.

—Pero me quedaré algún tiempo. Me gustaría salir contigo alguna vez.

—Llámame.

—¿Cuándo?

—Un día —dijo, riendo con suavidad muy propia de ella—. Mira, tengo que dejarte. James me anda buscando.

—¿Es… tu novio?

—Mi qué… ¡No! ¡Qué disparate!

—¿Por qué disparate?

—No se me ocurriría enamorarme de James.

—¿Crees en el amor?

Le miró asombrada.

—Tú… ¿no?

Ernest necesitaba casarse con ella.

—Yo también —dijo mintiendo, pero nadie lo diría.

—Es maravilloso.

—¿James?

—No, hombre, el amor.

—Ah. ¿Te has enamorado muchas veces?

—Qué va. Ando loca buscando al hombre ideal.

—¿Y cómo es tu hombre ideal?

—Te lo diré otro día. Mira, ahora tengo que dejarte. Hasta otro día, Ernest.

—Mañana te llamaré.

—Bien.

Se alejó corriendo.

James la enlazó por la cintura y se la llevó bailando.

¡Menuda chica! Estando enferma y bailando así. El día menos pensado se moría en una pista de baile.

Se le notaba que era bailarina por afición verdadera.

Cada vez se daba más cuenta de que era su mujer. La mujer que él andaba buscando.

¿Cómo sería el papá? Seguro que se lo podría decir Frank. Iría a verlo a la clínica al día siguiente. Eso es.

Al rato vio salir a Maud en compañía de la pandilla. Pero le dijo adiós con la mano. Y él correspondió agitando los dedos.

Cuatro

La enfermera se lo dijo.

—Ahí hay un señor que dice ser amigo suyo, doctor.

—¡Ernest! Seguro.

Al menos le había metido una inquietud en el cuerpo. Sonrió entre dientes.

—¿Tengo más clientes esperando?

—No, doctor. Ya hemos terminado.

—Entonces que pase mi amigo.

Ernest pasó algo estirado, porque él no estaba habituado a esperar, y aquella enfermera no le franqueó el paso en seguida.

—¿Vienes a hacerte un chequeo, amigo? —preguntó Frank riendo.

—No. Claro que no. Me revientan esas cosas. Has de saber, que estando en Londres, un amigo mío, compañero de mi negocio de venta de automóviles usados, se pasaba todos los meses dos días interno en un sanatorio. Tenía un miedo horrible a morirse, y un buen día, al regreso de uno de esos chequeos, se dejó morir de un infarto, en la cama de su hotel.

—Pues es raro.

—Bueno, es corriente. Uno se muere cuando tiene que morirse, se haga chequeo o no.

—Siéntate. Dispongo de veinte minutos. Tú ya sabes que soy cirujano, y que aparte de mi clínica, opero en varios hospitales —consultó el reloj—. Para dentro de media hora, tengo una operación.

—¿No puedes operar a Maud Brook?

Frank levantó una ceja, al tiempo que iba quitándose la bata blanca.

—¿Cómo? ¿Es que la prefieres… con salud?

—No digas necedades. Es que quiero asegurarme de que se va a morir.

—No seas cruel, hombre. Una cosa es que seas ambicioso y otra que seas un despiadado criminal.

—Yo no voy a matarla —chilló Ernest.

—Sería el colmo. Además, no hace falta que la mates. Se morirá sola la infeliz.

—¿De eso estás plenamente seguro?

—Anda, pues claro. Soy su médico desde hace muchos años. También de su padre.

—¿Y el padre, qué?

—¿Cómo que qué?

—Si no tiene ninguna enfermedad. Angina de pecho, peligro de infarto, cáncer por el tabaco…

—No fuma.

—Cirrosis por beber.

—No bebe.

—Menudo tío.

—Pero es bueno, ¿eh?

—A mí lo que me interesa no es su vida, sino su fortuna.

Frank tuvo ganas de mandarle al diablo. Pero no lo hizo. Él creía en los buenos sentimientos de Ernest. En el fondo era un chico excelente. Aprendería.

No sabía grandes cosas de la naturaleza humana. Sabía, en cambio, demasiado de todas las demás cosas.

—De modo que, si bien se muere la hija, se quedará el padre.

—¿Pero es que has conquistado a Maud?

—La conquistaré en seguida.

—Anda rodeada de moscones.

—Pero yo soy un tipo maduro.

—Eso es cierto —le miró entre serio y burlón—. ¿Lograste bailar con ella anoche?

—Sí. Y me cité.

—¿Para hoy?

—La llamaré para que salga conmigo.

—Ten presente que es una chica muy solicitada.

—¿Sabe alguien lo de su… precaria salud?

—Nadie, excepto tú, mi mujer y yo.

—Oh… También lo sabe tu mujer.

—Sí.

—¿Sabe ella que lo sé yo?

—Se lo dije ayer. Se enfadó mucho. Dijo que no debiera decírtelo.

—Pero no le habrás dicho que yo… —hizo un gesto con la mano— yo… intento casarme con ella, sabiendo…

—Pues sí…

—Frank, esas cosas son de hombres, nada más.

—Yo no tengo secretos con mi mujer.

—Bueno, tampoco eso importa demasiado. Oye…

Frank le enseñó el reloj.

—Podemos salir juntos. Yo tengo que irme al hospital.

Salieron casi pegados hombro con hombro.

—¿Qué ibas a decirme?

Se hallaban ambos parados ante el auto de Frank. Éste subió ante el volante.

—¿Te llevo a algún sitio?

—No. Voy a llamar a Maud.

—Eso está bien.

—Dime… ¿qué aspiraciones tiene el padre para su hija?

—Como todo padre multimillonario.

—Yo no tengo fortuna.

—Pero eres un tipo fabuloso, Ernest.

—¿No… me censuras por ser… como soy y por lo que… voy a hacer con Maud?

—¿Y por qué? ¿Quién te dice que te cases con ella y no te enamores?

—No me interesa enamorarme. Además, ya estoy curado de espanto de todo eso. Lo que necesito es la garantía de que va a morirse.

—Vaya, ¿lo dudas?

—No, pero… ¿si le da por operarse y vive?

—No tiene operación. Tendrá que aguantar así. Ah, eso sí. No la fatigues demasiado.

—Pues baila como una descosida.

—Pobre —puso el auto en marcha—. Se está matando.

El auto arrancó y Ernest se quedó de pie en la acera restregándose las manos.

No había duda. Se casaría con Maud, tendría un hijo y al cementerio. Mejor negocio, imposible.

Con esta idea, satisfecho de sí mismo, aunque en el fondo algo inquieto, decidió que la conquista de Maud tendría que empezar en aquel mismo momento.

Él era un tipo ambicioso. ¿Qué culpa tenía? Unos nacen cojos, otros mancos y algunos ciegos. ¿Por qué no iba a nacer él ambicioso?

—¿Qué? ¿Cómo andas con tus amigos?

Papá todos los días hacía la misma pregunta. Se moría de ganas de verla comprometida y casada.

¡Con la poca gana que tenía ella de casarse!

—Como siempre.

—¿No te decides por ninguno hijita?

—Pues, no, papá. Todos son críos.

—Lo siento, porque yo daría algo por verte casada. Ten presente, querida Maud, que yo ya no soy un niño, que tengo mis achaques, y que de buena gana descargaría el gran peso de mi trabajo y mi responsabilidad, en un buen yerno. Oye, ese chico que estudia ingeniero naval...

—Si no le salió la barba aún, papá.

—Pues tiene veintitrés años.

—Justo, la misma edad que yo. Nunca me casaré con un hombre de mi edad.

—¿Los prefieres mayores?

—Sí —respondió rotundamente.

—¿Y aquel Ronald que tenía cerca de los cuarenta y que tanto te cortejó?

—¿El diplomático?

—Ése.

—No sé qué podías hacer tú con un diplomático.

—Pero para construir barcos... Hum.

—Eso es verdad.

—Además —cortó Maud dejando el cubierto a un lado—, hay un término medio para todo. Ni me gustan los de mi edad, ni los vejestorios.

—Bueno, bueno —bonachón como era, terminaba por decir o admitir lo que decía su hija—. De todos modos, debes ir pensando en casarte.

Una doncella pidió permiso para entrar en el suntuoso comedor.

—Pasa —dijo Maud.

—Señorita, la llaman por teléfono.

—¿Ahora?

—Pues… sí.

—¿Quién dijo que era?

—Un señor… Espere que lo recuerde. Perdone, no sé si acertaré. *Mister*…. *mister*… Nesbitt, eso es.

—Dígale que me llame dentro de diez minutos. No me gusta levantarme de la mesa cuando estoy comiendo.

—Sí, señorita.

Se retiró la doncella y papá interrogó a su hija con los ojos.

—Un amigo.

—¿Nuevo?

—Sí.

Maud comía sin apresuramiento.

—¿Joven como los de tu pandilla?

—Mayor.

—Ah —dijo esperanzado—. ¿Buen chico?

—No lo sé, papá. Me lo presentó Frank.

—¿Nuestro médico?

—Sí.

—Caramba, caramba… Tendré que preguntarle a Frank de qué chico se trata.

—Pero, papá…

—Hay que andar con pies de plomo. Hoy día aparece a veces cada petardo…

—Papá, que no me voy a casar con él.

—¿Y quién te asegura eso a ti?

—Pero, papá…

—Hay que estar prevenida, hijita. Llamaré a Frank hoy mismo. Para mí, lo que dice Frank es sagrado y, además, aún no nos entregó el resultado del último chequeo que nos hizo.

—Pues pídele ese resultado, pero no le digas nada de Ernest Nesbitt.

—¿Se llama así?

—Sí, sí, papá —empezaba a impacientarse.

—¿Y qué es?

—¿Cómo que qué es?

—Ingeniero, abogado, médico…

—No lo sé. Ya te traeré su filiación. Cuando salga con él.

Estaba junto al teléfono cuando sonó. Lo cogió ella misma.

—Diga.

—¿Eres tú, Maud?

Lo conoció por la voz.

Tenía una voz bronca, muy personal.

Ya se dio cuenta de eso cuando bailó con él. Tenía mucha personalidad, era guapísimo, vestía a la última y, además, era maduro.

—Sí, yo soy.

—Te llamé antes.

—Me lo dijeron. Pero como estaba comiendo…

—Claro. Perdona. Es que desde que te vi, ando impaciente. Oye —prosiguió, sin esperar respuesta— ¿salimos hoy?

—No sé si tendré algún compromiso con mi panda.

—¿Tienes algún ligue en ella?

—No, ¡qué va!

—Entonces, sal conmigo… Podemos ir a bailar.

Lo pensó.

Era tentador salir con un tipo así.

—Maud.

—Sí.

—Te quedas callada.

—Es que…

—¿No quieres salir conmigo? Sin compromiso, ¿eh? —cuánto sabía Ernest de mujeres—. Yo, forzado, no quiero nada. No soy de los que me caso, ya te lo anticipo.

Era el gancho. ¿Qué mujer no intenta conquistar a un hombre inconquistable?

—Ven a buscarme a las siete.

—¿Tan tarde?

—A las seis.

—Estaré ante tu casa a la hora exacta.

—De acuerdo.

—Oye…

—Dime.

—No intentes conquistarme, ¿eh? Como amigos. A veces a uno le interesa hablar con mujeres que merecen la pena, como tú. Mujeres jóvenes, que intelectual y moralmente son maduras.

—¿Es un halago?

—No soy adulador.

—Mejor para ti.

—Hasta luego.

Colgó.

Quedó mirando al frente. No era de los que se casaban. Hum, se vería.

Aquel vanidoso igual pensaba que ella era una pava. Pues vaya chasco.

Cuando se topó con su padre una hora después, le dijo de sopetón.

—Salgo a las seis con el amigo de Frank.

—¿Sí?

—Pero no pongas esa cara de satisfacción. No pienses que porque salga con él, ya voy a casarme.

—Con la gana que tengo yo de ver nietos chillando por este palacio...

Cinco

Frank quedó un poco asombrado cuando la enfermera le dijo quién estaba al teléfono.

William Brook jamás le llamaba él mismo cuando quería hacerse un chequeo. La entrevista se concertaba por medio de los secretarios de *mister* Brook, y he aquí, que, en aquel instante, era el propio *mister* Brook quien estaba al aparato.

—Páseme aquí la comunicación —dijo un tanto sorprendido.

Casi inmediatamente, la voz del multimillonario le saludaba.

—Buenas tardes, Frank —*mister* Brook trataba a todo el mundo de tú y le llamaba por su nombre, y bien es verdad que tampoco daba mucha importancia al tratamiento cuando se referían a él—. ¿Cómo estás?

—Muy bien, gracias, *mister* Brook.

—Hemos comido muchas veces juntos, muchacho, y me has tenido montones de ellas bajo ese aparato negro que llamáis Rayos X y, sin embargo, parece que sigo siendo un extraño para ti.

—Perdone, pero…

—Está bien, está bien —y de lleno entró en el asunto, porque *mister* Brook nunca se andaba por las ramas—.

¿Qué me dices de ese amigo tuyo llamado Ernest Nesbitt, que ayer le presentaste a mi hija?

¿Cómo? ¿Tan ligero andaba Ernest? ¡Condenado y ambicioso Ernest!

—Pues…

—Sin pamplinas, ¿eh? Ya sabes cómo me gustan a mí las cosas.

—Pues…

—Déjate de pues, y al grano. ¿Qué tal persona es?

Era buena persona. Excelente persona. Un hombre moral, que si bien tenía una loca ambición, jamás abusó de una menor, ni robó a nadie, ni engañó a nadie. Claro que ahora pretendía engañar a Maud, pero… ¡ji!

—Una gran persona —dijo con toda convicción.

—¿De qué le conoces?

—Hemos nacido ambos en el mismo barrio de Londres. Juntos fuimos a la primera escuela y juntos hicimos el bachillerato.

—¿Es médico?

—No.

—¿Ingeniero?

—No.

—Porras, Frank. ¿Quieres decir de una vez qué título tiene tu amigo?

—El de hombre.

—Ajajá. ¿Sólo eso?

—Sólo.

—¿Es digno?

Iba a casarse por dinero con Maud. Pero…

—Es digno —y no creía equivocarse.

—Me gusta eso. Oye, ¿tiene dinero?

—No.

—¿De qué vive?

—Negocia.

—¿En qué?

—*Mister* Brook…

No le dejó terminar.

Mister Brook era así.

—¿En qué negocia? —cortó bruscamente.

—Vende cosas para vivir. Coches usados, joyas… casas. Todo lo que se le pone por delante.

Un silencio.

Después.

—¿Y logra vivir a base de esas ventas?

—Sí.

—Decorosamente.

—Yo diría que con lujo. En este momento ha regresado de Londres, con el fin de pasar una temporada en las amplias playas de Hastings.

—De acuerdo.

—Oiga, *mister* Brook.

—¿Sí?

—¿No puedo saber… por qué me pregunta todo esto?

—Parece ser que corteja a mi hija.

—Ah.

—Gracias por tus informes, Frank.

—*Mister* Brook.

—Dime.

Frank pensó que no debiera hacer aquella pregunta. Pero le quemaba los labios. Y Ernest, pese a sus muchos defectos, tenía, también, sus grandes cualidades, y puesto todo ello en la balanza, uno y otro, estaba por afirmar, y de hecho lo afirmaba, que pesaban más las cualidades que los defectos. Además, era su amigo, y por otra parte consideraba que su afán de casarse con una mujer rica era puro cuento.

—¿Está usted de acuerdo, *mister* Brook, en que mi amigo corteje a su hija?

La risa de *mister* Brook se oyó clara y guasona.

—Es que se casará con ella, Frank. Te lo digo yo.

Él también lo decía. Pero se guardó muy bien de mencionarlo en alta voz.

—Un hombre así, que vive de la venta de tales cosas, me vendrá a mí muy bien para mis astilleros.

Cuando colgó, Frank reía.

Reía con unas ganas locas.

«Hala, hala, Ernest, vas a aprender a vivir», se dijo guasón.

De pie, junto a su coche, Ernest esperaba ante la verja del palacete de los Brook.

Vestía un pantalón canela, una camisa polo blanca y una chaqueta de ante de tipo *sport*, muy abierta por los lados. Calzaba zapatos marrones y, en conjunto, resultaba un tipo muy atractivo. Más que atractivo, la verdad, parecía un actor de cine. Alto, fuerte, con tipo deportivo, de cabellos rubios y ojos muy azules dentro de un rostro de piel tostada.

Contemplaba absorto el palacete de los Brook. ¡Buena casa! Rebosaba lujo por todas partes. Desde la alta verja, el portón pintado de negro, las enredaderas que trepaban por las dos fachadas centrales y el parque, que, sin verse desde el exterior, se adivinaba.

Además, para que todo fuese aún más cómodo y bello, desde el mismo palacete, en la parte de atrás, bajaba una carretera serpenteante, absolutamente particular que, a medio kilómetro escaso, llegaba hasta los mismos astilleros, los cuales ocupaban una buena parte de la esquina del puerto lateral.

Ernest estaba muy harto de ir de un lado a otro. Con una chica pobre, él no se casaba, por supuesto, pero con una chica rica, y además enferma, condenada a morir, ¡ji! Eso sí que él no se lo perdía. Tenía un auto deportivo color aceituna, descapotable. Fue el último que compró de segunda mano y aún cuando le salieron muchos compradores, de momento prefirió quedárselo, con el fin de disfrutar de sus ganancias de tres meses, dos en las playas de Hastings.

Allí estaba, erguido y firme, con aquel aire moderno, deportivo, cuando apareció Maud.

Maud, vestida con un estilo muy personal. Faldita corta, abierta por delante, un suéter muy a tono y una chaqueta de punto muy fina, de un tono cremoso, que llevaba en la mano como si fuese un pañuelo, con un aire muy de ella.

No era bella y Ernest así lo entendía, pero tenía un cierto atractivo especial que acentuaba más su personalidad.

Vestida así, se diría que iba al campo, y sin embargo eran las seis de la tarde, lo cual desconcertó un poco a Ernest, que consideraba que llevándola a bailar la conquistaría mejor.

—Buenas tardes —saludó Maud alegremente.

Aquello sí le gustaba a Ernest.

Él era un tipo alegre por naturaleza. Detestaba los caracteres taciturnos, las amarguras y los gestos pesimistas. Por eso, en aquel instante, casi se sintió feliz.

Convivir con una enferma de mal carácter, taciturna y pensativa, pesimista, era como morirse en vida a pequeñas dosis. Y eso sí que le hubiese empujado a la escapada.

Por eso se sintió más seguro y casi dichoso.

La verdad sea dicha, Ernest Nesbitt era un buenazo infeliz, por mucho que presumiera de todo lo contrario. Pero, eso sí, anhelaba con todas las fuerzas de su ser, y eran muchas, casarse con una rica heredera. Estaba harto de vivir de un lado a otro, lo que es peor, viviendo de hotel en hotel, buscando siempre la forma de ganar algo para vivir al día siguiente.

—Sube —dijo, deteniendo sus pensamientos—. Tú dirás adónde vamos.

—A la playa —mostró el bolso de baño.

Ernest abrió mucho los ojos.

—¿A estas horas?

—¿Y qué?

Caramba, enferma del corazón, y con ganas de irse a la playa a las seis de la tarde.

—Siempre me baño a esta hora —le explicaba Maud sentándose en el interior del vehículo—. O en la piscina de mi casa o en la playa. ¿Tú no te bañas?

—Pues sí. Pero… no he traído traje de baño.

—Podemos pasar por tu hotel y recogerlo.

—Eso es verdad.

Así lo hicieron.

Media hora después, los dos entraban por la terraza del club náutico y se dirigían al interior de la playa arenosa.

—Tengo una caseta aquí —le explicó ella gentilmente—. Si quieres usarla tú primero…

—Primero te toca a ti.

—Gracias.

Al rato salió enfundada en un maillot de colorines. Su cuerpo esbelto, bien proporcionado, de túrgidos senos menudos, produjo en Ernest algo así como una tenue sacudida.

La chica tenía un cuerpo perfecto. No sería bella de cara, pero lo que es de cuerpo… no estaba nada mal. Al contrario. ¡Estaba requetebién!

Fue una tarde deliciosa.

Hablaron de todo, se bañaron, tomaron el sol, y al anochecer, Maud dijo:

—Tengo que dejarte. Estoy citada con mis amigos para ir a bailar. Tienes que perdonarme.

Eso sí que no. Él no estaba dispuesto a dejarla.

—¿Te vas a ir a bailar así… vestida?

—No. Me llevas a casa, me cambio, saco mi auto de la cochera y me reúno con mis amigos en el club privado que hay cerca de la ribera central.

Ernest dudó.

—No puedo… ir contigo.

—¿Con mis amigos?

—No, contigo solo. Solos los dos.

Maud no parecía dispuesta a cazar marido.

Se mostraba indiferente y distraída. Pero dijo con gracia.

—Si te toleran…

—¿Qué es eso de tolerar?

—Verás, eres algo madurito para nosotros. ¿Qué años tienes?

—Treinta.

—Le gustarás a papá.

—¿Qué dices?

—Nada —rió, subiendo al auto de su nuevo amigo—, estaba hablando sola.

—Ah —dijo, poniendo el auto en marcha—. ¿Entonces puedo acompañarte a ese club? Soy desconocido aquí. Me aburro. A tu lado pasé la mejor tarde de mi vida.

Maud le miró dubitativa.

¡Era guapísimo! ¿Pero no sería un poco… fresco? ¿Qué pretendía de ella? ¿Un ligue? ¿Un plan? Pues perdía el tiempo.

—Lo pensaré entretanto me cambio de ropa —dijo—. Por si acepto, me esperas abajo…

Seis

Se hallaba en su auto deportivo, cuando apareció junto a él un Cadillac último modelo, de color negro, conducido por un chófer uniformado, y llevando en la parte de atrás a un señor delgadito, mayor, de grises cabellos, muy nervioso.

Tenía un tic nervioso en un ojo y Ernest le sacó un gran parecido con Maud. ¿El padre?

Mister Brook, pues él era, bajó sin esperar a que se abriera la verja. Se acercó a Ernest y le dijo riendo.

—Tú eres Ernest.

—Pues… sí.

William Brook le extendió la mano.

—Yo soy el padre de Maud. ¿Dónde anda ella? —y sin esperar respuesta añadió—: ¿Cómo es que te dejó aquí? Oh, esta hija mía es el colmo —se volvió hacia su chófer—. Lleva el auto a la cochera —y miró de nuevo al perplejo Ernest—. Tú pasa conmigo a tomar una copa, entre tanto esperas a mi hija. Porque la esperas, ¿no?

—Sí… sí, señor.

Brook asió del brazo al pretendiente de su hija y lo empujó blandamente hacia el interior del parque.

Era espléndido. Flores, árboles, una piscina en la parte izquierda, una cancha de tenis a la derecha. La casa al fondo. Una casa enorme, lujosa, con unas terrazas preciosas, casi totalmente cubiertas de flores y enredaderas trepadoras.

Ernest suspiró. Todo aquello podía ser suyo. Casado con Maud, aunque estuviera enferma (y mejor enferma que sana), él viviría como un pachá… ¡Ahí es nada!

Claro que la enfermedad de Maud era algo rara. Cierto que las cosas del corazón muchas veces no dicen estoy aquí, hasta que estallan. Y Frank nunca se equivocaba. De modo que si dijo que tenía una lesión de corazón, incurable, era que la tenía.

Daba algo de pena, ¡qué caramba! Tan atractiva, tan llena de vida como parecía, tan joven… Hum… No somos nada.

—Vamos, vamos, tomaremos juntos una copa. ¿Qué tal los negocios? —iba diciendo Brook sin soltar su brazo.

—¿Negocios?

—Los tuyos.

—Ah. Bien… bien…

—Es lo que yo me digo. Cuando un hombre saca dinero de un auto usado, es seguro que lo saca de las piedras, si se lo propone.

¿Qué cosas sabía de él aquel tipo tan campechano?

—Matías —gritó Brook al llegar a la terraza.

Matías, el criado, apareció inmediatamente como si estuviera esperando a su amo, o la llamada de su amo, detrás de una cortina.

—Un whisky doble —miró a Ernest—. ¿Tú qué tomas?

—Igual que usted, señor.

Brook dio una cabezadita.

—Ya lo has oído, Matías. Tráete aquí el servicio.

—Sí, señor.

Se fue Matías, y Brook ofreció asiento a Ernest.

—Ponte cómodo. Estas mujeres tardan un siglo en cambiarse. Venís de la playa, ¿no?

—Sí, señor —dijo Ernest, un tanto asombrado de que aquel señor lo supiese todo.

La verdad es que el señor Brook le estaba cayendo divinamente.

Él conoció a muchos multimillonarios y todos parecían reyezuelos en un trono. Aquel más bien parecía un padrazo, humanísimo, lleno de alegría y buena voluntad, y sencillo, eso sí muy sencillo…

—Yo me casé joven —dijo riendo—, ¿sabes? Pero murió mi mujer sin darme hijos. Después me volví a casar, ya madurito, y nació Maud. Maud, que la eduqué a capricho y resulta que no salió nada caprichosa. Hay cosas así. Mi mujer falleció en seguida. Una lesión de corazón.

Ernest se estremeció a su pesar.

Por lo visto la herencia la recibía Maud.

El señor Brook añadió con suavidad.

—Lo sentí muchísimo. Debí de casarme por tercera vez, pero adoraba a mi hija y no tenía ganas de verla sufrir. Así que ahora sólo espero que se case ella y me dé nietos.

Apareció Matías con la bebida.

Mister Brook cogió su vaso y lo acercó al de Ernest.

—Brindemos. ¿Por qué te parece que brindemos?

—Pues…

—Por tu amistad con mi hija. Mira, a propósito, ahí aparece.

En efecto. Ernest se puso rápidamente en pie, con su habitual corrección de hombre muy educado.

Maud aparecía en la terraza y no parecía sorprendida de ver a su padre con su amigo.

Vestía un modelo precioso, estampado, con fondo blanco. Peinada con sencillez y con aquella cara morena, donde los ojos verdes tenían una tremenda luminosidad, Ernest pensó que era casi bella.

—Oye, Maud —dijo el señor Brook cuando su hija le besó en la nariz—, invita a tu amigo a cenar esta noche.

—De acuerdo, papá —dijo ella sencillamente.

—Que os divirtáis, hijos —les deseó.

Ernest alargó la mano.

—Mucho gusto en conocerle, *mister* Brook.

—Qué *mister* Brook ni qué bobadas. Mis amigos me llaman Will a secas. De modo que tú llámame Will.

—Señor.

—A mí me gustaría sentirme joven, muchacho, y si me llamas *mister*, me da la sensación de que tengo la caja fúnebre detrás de mí.

—Señor... yo...

—¿Por qué no vienes mañana por los astilleros? Me gustaría enseñarte todo aquello. Es grandioso. ¿No sabes que yo siento una pasión tremenda por la construcción naval? Te espero mañana —añadió sin más razones—. Mañana a las doce. Que te diga Maud dónde quedan.

Maud se colgó del brazo del asombrado Ernest y tiró de él.

—Irá, papá, irá. Pero ahora nos tenemos que ir.

—Que lo paséis bien. Ah, y si no os importa, venid pronto a cenar. Ya sabes que mi hora son las diez de la noche.

Por primera vez en su vida, Ernest no sabía de qué hablar con una muchacha.

En el fondo, él tenía conciencia y estaba siendo, lo que vulgarmente se dice, un marrano, con gente que, por lo que veía, no lo merecían.

No lo merecía Maud con su sencillez. No lo merecía *mister* Brook con su campechanería.

—Vas muy callado.

Claro que lo iba. ¿De qué iba a hablar, si lo qué estaba pensando era largarse de Hastings cuanto antes, y borrar de su mente la tentación de agarrar para sí aquella oportunidad de hacerse rico y quedarse viudo casi en seguida?

—¿Adónde vamos? —preguntó incluso algo cohibido.

—Tú dirás…

—Con tus amigos…

—Por lo que veo, no te gusta.

—No.

—Pues podemos ir a bailar. Ya me disculparé con mis amigos.

—¿Te gusta alguno?

Iban en el auto. Ernest conducía con mano poco segura, lo cual nunca le había ocurrido.

Ella a su lado, oliendo muy bien, atractiva de verdad, y con aquella clase que si bien no tenía belleza, tenía todo lo demás.

—Todos.

—¿Todos?

—Bueno, hombre. Quiero decir que son mis amigos y yo sólo tengo amigos si me gustan como amigos… Es decir, si una persona no me interesa, la ignoro. Y los amigos me interesan por distintas causas.

—¿No estás enamorada de ninguno?

—No.

—¿Nunca lo estuviste?

—No.

Y después de un silencio.

—Aprecio sí siento por unos más que por otros. Pero amor… ¿qué es el amor?

—El estado perfecto.

—¿De qué?

—¿De qué, qué?

—¿De qué es el estado perfecto?

—De todo. Cuando uno está enamorado, se siente mejor. Es más feliz, más completo, más alegre, más optimista. Todo parece mejor.

—Lo dices como si tú lo estuvieras muchas veces.

—Alguna sí que lo estuve.

—Pero sigues soltero a los treinta años.

—Cosas que pasan.

—¿Qué cosas?

—Que el amor no era bastante sólido, pongo por caso.

—Ah.

Tenía que lanzarse. Si es que iba a quedarse en Hastings y conquistarla, lo mejor era empezar cuanto antes.

—Me parece que me voy a enamorar de ti.

Maud le miró. Tenía unos ojazos enormes.

—¿No dices nada, Maud?

—Papá se pondrá contento.

—Papá… ¿qué dices?

—Nada… Pensaba. Papá tiene unas ganas locas de casarme. Yo, en tu lugar, no iría a cenar a mi casa esta noche. Papá tiene una simpatía tremenda. Y conquista a la gente en seguida.

—¿Ha conquistado a muchos?

Maud volvió a mirarlo.

—Aunque te parezca raro… y te lo parecerá, yo no le di esa oportunidad. Papá nunca conoce a mis amigos. No me interesa que los conozca.

—Entonces por qué… me has llevado a mí… a tu casa.

—No te llevé. Te cazó papá en la verja. Pero no me opuse. Lo vi todo desde la ventana de mi cuarto. No sabría decir por qué no me opuse —se alzó de hombros—. Será porque a mí también me gustas un poco.

Ernest volvió a sentir la tentación de escapar.

Una cosa era pretender hacerse rico por medio de un matrimonio, e incluso quedarse viudo, y otra que aquella gente le resultara tan estupenda. Porque eso era lo peor. Tanto padre como hija le caían muy bien.

Claro que él no pensaba enamorarse.

—Para aquí —le dijo Maud, ajena a sus pensamientos—. Hay una sala de fiestas algo sicodélica. Me gusta. Entremos.

Y entraron.

Siete

La sala era en verdad sicodélica, aunque, para ser francos, Ernest jamás supo a qué cosa llamaba la juventud *sicodelismo*. De todos modos, el local le agradó, y no porque en realidad fuese agradable o diferente a muchos dedicados a la misma cosa, bailar y divertirse, sino, tal vez, porque entraba en aquel lugar junto a una chica que no cansaba, que agradaba y que tenía una femineidad especial.

Poca luz, y la poca que había era rojiza y azulada. Muchas melenas, muchas ropas raras, muchos colorines y muchos meneos *sicodelistas*.

Ernest miró a Maud con expresión dubitativa.

Enferma del corazón y con aquella atmósfera cargada… podía ocurrir allí mismo un desastre, y con perversa conciencia pensó que, si algo iba a ocurrir, que ocurriese después de que él se casase.

Por eso, inclinado hacia ella, le dijo:

—¿Estás segura de que deseas quedarte aquí?

Maud se alzó de hombros. Le brillaban los ojos. Se le notaba la juventud por todos los poros.

—No se respira bien —dijo—. Pero es igual. Estos rincones me encantan.

Ernest pensó que tendría que preguntarle a Frank si lugares como aquellos convenían, o perjudicaban radicalmente el corazón de Maud. Pero ya se lo preguntaría. De momento, prefería invitarla a bailar.

La agarró del brazo, la condujo entre toda aquella desenfrenada juventud y la llevó a un rincón.

—Nos sentaremos aquí —dijo.

Y su voz casi parecía un siseo.

—¿No bailamos?

—Claro.

—Pues ahora mismo. Me chifla bailar en ese redondel a media luz.

Ernest era un bailarín de primera, pero a sus treinta años, ya no tenía el afán al baile como cuando contaba veinte. ¡Ay, sus veinte años!

Claro que tampoco se sentía viejo. ¡Qué bobada!

Agarró a Maud por la cintura, la incrustó, como quien dice, en su cuerpo, le puso una mano en la nuca y la otra en la cintura, y así se puso a bailar con ella.

La verdad sea dicha, que se sintió muy a gusto. ¡Tremendamente a gusto! Maud no parecía muy asombrada, ni molesta por la forma de bailar que tenía su nuevo amigo. Al contrario. Como iba en silencio, pegada a él y le cruzaba las dos manos en el cuello masculino, y era más baja, de vez en cuando levantaba la cabeza, le miraba, sonreía y volvía a quedar acurrucadita en el cuerpo de Ernest.

Así bailaron un buen rato.

De vez en cuando, Ernest se sentía audaz. La decía cosas al oído o guardaba un silencio que era aún más insinuante que las cosas que le dijera antes. Se preguntaba, eso sí, cómo era posible que una chica enferma del corazón, soportara aquella atmósfera cargada. Claro que la juventud… hace milagros.

—Bailas muy bien —siseó ella.

—¿Sí?

—Sí. ¿Bailas muchas veces?

—Alguna.

—¿Te irás pronto de Hastings?

—No sé.

—Me gustaría que te quedases un tiempo.

—Si tú me lo pides…

—Pues…

—¿Me lo vas a pedir? —dijo en voz baja.

Maud se estremeció en sus brazos.

Era como una niña inocente, pero de veintitrés años. Una niña encantadora. Una niña apasionada por el baile, por la vida, por el amor…

—Di —le susurró él—. ¿Me lo vas a pedir?

—Sí.

Y quedó muy callada.

Siguieron bailando.

Se diría que las palabras sobraban allí. Ernest notaba que estaba conquistando a la muchacha. Que seguramente los amigos de Maud no eran como él, no sabían lo que él sabía, ni miraban de la forma que él miraba. Y no es que Ernest se considerara un Casanova, es que en realidad era distinto, por sus años, por su madurez, por su experiencia…

—Me gustaría verte con frecuencia —le siseó ella una hora después, sin dejar de bailar.

Ernest la apretó contra sí.

—Me verás todos los días… —y bajísimo, metiendo la cara en la de ella añadió—: ¿Sabes? Me voy a enamorar de ti.

Por fin dieron las diez, y Maud se soltó de sus brazos y corrió presurosa a la puerta encristalada.

—¿Es que no respiras bien? —se alarmó Ernest. ¡Qué no se le muriese sin casarse con ella! Era la mayor desgracia que podía ocurrirle a él.

—No respiro como quisiera, por supuesto, pero no me voy por eso. Es que papá nos estará esperando.

—Oh, es cierto.

Y salieron a la calle.

Tenían el auto aparcado allí mismo. Y Ernest asió a la joven por los hombros y la oprimió contra sí.

—Me llamarás tonto —le susurró—, pero lo cierto es que estoy emocionado.

También ella lo estaba. Era la primera vez que un chico la llevaba bailando así, tan... tan... tan...

La primera vez, asimismo, que ella lo permitía, y la primera vez, igualmente, que se sentía como muda, como lasa, como dentro de una íntima y grata turbadora plenitud.

Todo muy raro.

¿Se estaría enamorando de aquel hombre?

De repente se vio sentada en el interior del auto y vio a Ernest inclinado sobre ella.

Supo que Ernest iba a besarla. En la boca, sí. Eso lo intuyó al ver sus ojos tan fijos en sus labios.

—No —no pudo evitar decir.

—¿No... qué?

—No...

Y no supo decir qué cosa era lo que no quería.

Pero Ernest ya la había tomado el mentón entre sus dedos y la besaba largamente en la boca. Muy largamente. Con los labios abiertos. De una forma que jamás sospechó Maud que besara un hombre. Claro que a ella la besaron algunos amigos. ¡Bah!

Pero no era como aquello.

Aquello le agitaba todo cuanto tenía en su ser. Desde las muñecas y las sienes, al corazón que palpitaba desenfrenadamente.

Tal parecía que se le iba la vida, y que le volvía a borbotones, y que se le iba otra vez.

—Maud…

La miraba a los ojos.

Maud quedó con los labios entreabiertos. Estaba… estaba como deslumbrada.

—Maud.

—Sí…

—Eres una monada.

—Yo… yo…

Y como una niña pequeña se recostó en el asiento del auto, cerrando los ojos.

Ernest pensó que para ser la primera vez estaba bien. Por eso cerró la portezuela, dio la vuelta al auto y se sentó al volante.

Y después como si nada. Habló con sencillez, lo cual Maud le agradeció infinito, pues la verdad sea dicha, se sentía muy turbada, y si Ernest empezara a hablarle del beso y de cosas más relaciondas con él, se hubiera sentido muy avergonzada.

—Mira —le decía Ernest conduciendo el auto a través de la ancha avenida que conducía al puerto—, no voy a subir a cenar a tu casa. Me parece que abuso por mi parte.

—Papá… —la voz de Maud era tenue y temblorosa— te invitó.

—Pero yo entiendo que no debo subir. Otro día.

Es que deseaba hablar con Frank. Iría a su casa. O no, mejor le hablaría por teléfono desde su hotel. La cosa se estaba poniendo peligrosa. Y él no sabía qué pensar ni qué hacer.

—Papá se enfadará.

—¿Se enfada con frecuencia?

—¿Papá enfadado? ¡Oh, no! Pero pensará que… le desprecias.

La miró cegador.

—Pero tú sabes que eso no es cierto.

—Yo —le hurtaba los ojos— no sé qué decir.

—¿No sabes?

—Pues…

—Sé franca conmigo…

Lo fue. Le ardía en los labios decir aquello. Miró hacia la calle luminosa y lo soltó con voz vacilante.

—No pensarás que me beso con cada chico que… encuentro.

Ernest aminoró la marcha del auto. La miraba. La miraba con creciente curiosidad.

—Cuando beso a una chica, nunca pienso esas cosas.

—Pero… yo te digo…

—Maud, mírame. Háblame, pero mírame.

—No… puedo.

—¿Qué te pasa?

Ojalá lo supiera ella.

Era la primera vez que un hombre la besaba así… así. Y encima, ella se sentía turbada. Enervada, como volando, como flotando.

Ernest soltó una mano del volante y la deslizó hacia una de las manos femeninas. Se la oprimió. Lo hizo con íntima suavidad.

—Me gustó mucho, Maud. Si sigo así… tratándote, me voy a enamorar como un cadete. Y tengo miedo.

Maud le miró con curiosidad.

—¿Miedo?

—De que luego me… rechaces y te rías de mí.

—Nunca me reiré de ti —casi se agitó Maud apasionadamente—. Nunca. No podré. Es la… la… Bueno, es la primera vez que me siento así… así…

—¿Así… cómo?

—Así.

El auto llegaba ante el palacete de los Brook, y Maud se apresuró a abrir la portezuela. Pero Ernest la asió por el codo y la atrajo hacia su cuerpo.

—Maud.

—Déjame.

—Mañana vendré a buscarte.

Se lo decía sobre sus labios y de nuevo la besaba largamente, de aquella manera posesiva y absorbente. De repente, en vez de escapar, que era lo que ella pensaba que deseaba hacer, se pegó a él… Abrió los labios y se quedó así, menguada, entregada, femenina…

—Maud.

Maud se le escurría ya.

—Le… le diré a papá, que… vienes mañana.

Ernest no supo qué contestar.

Ocho

Paseaba la habitación del hotel de parte a parte. Él era un tipo que no buscaba los ligues, pero si llegaban, no desperdiciaba ninguno. Y sin embargo, en aquel momento, estaba viendo a la camarera abriéndole la cama, mirándole insinuante y dispuesta a aceptar cualquier proposición, y él no se la hacía.

Bueno estaba él para una noche amorosa o sexual.

¡Ji!

Tenía la cabeza llena de cosas. Él amaba su soltería. Su libertad.

Porque, dijeran lo que dijeran los filósofos, de que si tal y si cual, sobre la libertad condicionada del individuo, él se sentía libre. Y hete aquí que, de repente, él veía en peligro aquella libertad suya.

—Señor… si desea algo más.

—¿Qué dice?

—Digo que si necesita algo más.

¡Era guapísima la camarera! Si él le tocara un dedo, listo. Ya todo arreglado. Pero no tenía ganas de tocarle nada. Que se fuera cuanto antes. Él necesitaba pensar. Sacudió la cabeza.

—Gracias —dijo—. No… necesito nada.

—Si el señor quiere que vuelva luego…

—No, no —casi gritó—. Gracias. No lo deseo.

Pero la miraba. Hermosa en verdad. Unas caderas perfectas, unas piernas perfectas, unos senos perfectos.

Desvió los ojos.

Tenía que hablar con Frank.

Si Maud se moría… él no podía casarse con ella. No, por mucho dinero que tuviese.

Cierto que necesitaba casarse con una millonaria, pero amarrarse para toda la vida…

—Ay.

—Señor. ¿Le ocurre algo?

¿Pero aún andaba por allí aquella chica? La miró. Sacudió la cabeza.

—Nada.

—Pensé…

—Pensó mal.

—Buenas noches, señor.

—Hum.

—Si el señor me necesita.

Lo mejor era meterse en el baño y escapar así de aquella terrible tentación de agarrarla, besarla y pedirle que se quedase con él.

Así lo hizo.

Se metió en el baño y en seguida oyó que la puerta de su cuarto se abría y se cerraba.

—No sé si soy un cretino —pensó, saliendo del baño— o un pobre diablo.

Sonó el teléfono. Corrió hacia él.

Frank, seguro.

Frank, que seguramente deseaba saber cómo iban sus asuntos con la enferma millonaria.

—Me has faltado esta noche —decía la voz cascada de *mister* Brook—. Pero no me faltarás mañana.

Respiró profundamente. Además, un padre casamentero. Pero... ¿qué cosa tenía él para haberle caído tan bien al viejo Brook?

—Señor... era muy tarde. Me entretuve con Maud. Comprenda. No era correcto por mi parte aceptar la invitación a tal hora.

—Bobadas. Te espero mañana.

—Señor...

—En mi despacho de los astilleros.

—Pues...

—A las doce en punto, no lo olvides.

—Sí, señor —terminó diciendo.

—Tengo unas ganas locas de enseñarte todo aquello.

—Sí, señor.

—¿Estás solo?

—¿Solo, señor?

—Solo, solo. Eso te pregunto. Los hombres, a tu edad casi nunca están solos, y es mejor es estar bien acompañados.

—Ciertamente.

—De modo que, ándate con cuidado con las compañías, no todas son pacíficas.

—Señor...

—¿Pero, lo estás?

—Estar qué, *mister* Brook.

—Solo.

—Sí.

—Te creo. No tienes cara de decir mentiras. Buenas noches, Ernest. Te espero a las doce en punto en mi despacho de los astilleros.

—No faltaré, señor.

—Adiós.

Colgó.

Se quedó tenso.

La cosa se presentaba aún mejor de lo que nunca supuso. El padre a su disposición y la hija...

Maud estaba interesada.

Y él... él...

Bruscamente marcó el número de la casa de Frank. Enseguida respondieron.

—Domicilio particular del doctor Frank Romand.

—Por favor, dígale que soy su amigo Ernest Nesbitt.

—Un momento, *mister* Nesbitt.

Enseguida oyó la voz ronca de Frank.

—¿Qué pasa, Ernest?

—Hola, Frank —y a renglón seguido, bruscamente añadió—: ¿Estás seguro de que se va a morir?

Frank no se acordaba de Maud Brook.

—¿Morir, quién? —gritó asustado.

—Maud.

—Ah —un silencio—. Sí, por supuesto que sí.

—Oye, Frank. Estoy hecho un lío. ¿Qué hago? La tengo en el bote, y al padre también. ¿Qué hago?

—¿Como que qué haces?

—Soy un tipo libre. Atarme, me cuesta.

—Pero tú dijiste que deseabas una mujer millonaria.

—Y así es.

—Pues ya la tienes. Y encima con una lesión de corazón a base de...

—Espera, espera. No corras tanto. Yo deseo casarme con una millonaria, pero no deseo perder mi libertad. Estoy seguro que el día aquel, cuando te dije que lo deseaba, estaba algo loco. ¡Loco de remate! Yo no soy un tipo que se ate a nada. Y pienso que, aunque Maud se muera… no me casaré con ella. Además, la verdad, es que me da pena que se muera.

Frank empezó a reír.

—Oye, Frank, no te rías de mí. La muerte es la muerte, y da grima y respeto y todo eso.

—Claro amigo. Pero tú te quedarás libre y rico.

—¿Y si no se muere?

—Se muere.

—Oye.

—Dime.

—¿Estás seguro de que se morirá?

—Pues claro. Te lo juro por mis hijos.

Pero no dijo en qué fecha ni en qué instante se moriría, por lo cual su juramento no servía para nada. Todo el mundo tiene que morirse tarde o temprano.

Ernest, obsesionado con su libertad que iba a perder si se casaba, aunque fuese con una enferma condenada a morir joven, gritó:

—Oye, ¿y si luego yo la hago tan feliz que no se muere?

—Yo te digo que se muere.

—No sé, no sé. Yo la veo tan fresca. Se pasó la tarde bailando en un lugar que no había más que humo y cosas así. Y ella no parecía notarlo.

—Es joven.

—¿Qué tiene eso que ver?

—Debiste terminar la carrera de médico, Ernest, y te ahorrabas la pregunta.

—No pasé del segundo año. Después estudié químicas y no pasé del segundo. Y después...

—Conozco tu historial. Dime, ¿qué preocupación te acucia ahora?

—Mi libertad.

—Pero me dijiste que deseabas casarte.

—Algún día, pero si sigo así, me parece que me caso pasado mañana.

—Aguanta.

—¿Aguantar, qué?

—Un poco más. No te cases tan pronto.

—¿Y si se muere antes?

—Eso es verdad. Lo mejor es que arregles las cosas y te enriquezcas en seguida.

—Oye, Frank, no me animas nada.

—¿Animarte a qué?

—A irme de Hastings.

—Es una bonita ciudad, hombre, y los Astilleros Brook un buen negocio.

—No pensarás que yo voy a trabajar.

—Ah, pues la verdad es que eso no lo sé. ¿No te gusta?

—No. No me gusta trabajar así.

—¿Así, cómo?

—Y yo qué sé. Estoy hecho un lío.

—Si quieres que sea testigo de tu boda.

—Al cuerno.

—Buenas noches, Ernest.

—Aguarda.

—¿Para qué?

—Es verdad, no sé. Buenas noches, Frank. Y perdona que te dé la lata.

Colgó.

Quedó laso.

Si volviera la camarera, la invitaría a quedarse con él. Pero la camarera no volvió, y él terminó por quedarse dormido en el ancho lecho impersonal.

Nueve

Bien temprano, le despertó el timbre del teléfono. Extendió el brazo buscando el auricular, sin salir del agujero de su cama.

—Diga —contestó con voz somnolienta.

—Buenos días.

Diablos, dio un salto. ¿Maud?

—Buenos… —casi le saltaba la voz—. Buenos… ¿Maud?

—Sí.

—¿Qué hora es?

—Las once y media.

Otro salto. Con teléfono y todo quedó sentado en el lecho.

—¿Las qué?

—Papá te espera a las doce. Papá es muy puntual.

—Oh.

—Como no me llamabas, pensé que… debía llamarte yo.

—Hiciste… hiciste muy bien —hablaba y se tiraba del lecho buscando a tientas las zapatillas.

Qué manía tenía de acostarse desnudo. ¿Y si entrara un camarero en aquel instante? ¿O la camarera guapa?

Además… otra cosa que tenía que suprimir. Casado… tendría que cambiar mucho sus costumbres. Hum. Era tentador una millonaria enferma, pero…

—¿Hice mal llamándote?

—¿Mal? —buscaba la bata y se la ponía como podía, sin soltar el aparato telefónico—. Perdona. No. ¿Por qué ibas a hacer mal? Me doy un baño en un segundo y me voy a la cita que tengo con tu padre.

—¿Estás aún en la cama?

—Sí.

Menos mal. Ya tenía la bata puesta y el aparato telefónico metido entre la barbilla y el pecho.

—Listo.

—¿Listo, qué, Ernest?

—Que… que estaré listo en menos de diez minutos.

—¿Es que te acostaste tarde?

—No.

—¿Anduviste de juerga?

Hala, encima fiscalizándolo. No podía ser. Él no se casaba. Él tenía que hacer lo que le diera la santísima gana, y ninguna hija de Eva iba a fiscalizarlo a él.

—No.

—¿Estás seguro?

¿Celosa? Hum.

—Seguro.

—Te creo.

Encima, creyéndole. Creerle a él, que nunca dijo dos verdades seguidas.

—Gracias, cariño.

—¿A qué hora te espero? —y luego tras una vacilación añadió—: ¿Vienes a bañarte aquí?

—¿A… aquí?

—A casa. A la piscina de casa.

Lo cazaban.

¿Acaso sabía ella que estaba enferma, y prefería morirse ahíta de amor?

No lo sabía. Frank decía que no lo sabía. No iría, claro que no iría. Dejarse cazar así.

—De acuerdo —se encontró diciendo.

Y rápidamente se llevó una mano al pelo, alborotándolo con desesperación.

—Te espero cuando papá te deje. Estaré tomando el sol en la parte de la piscina. Subes desde los astilleros por la carretera privada y te verás aquí mismo.

—Bueno.

—Hasta luego, cariño.

—Hasta… luego.

Colgó. Respiró profundamente.

«Necesito una ducha helada. ¿Qué me pasa? ¿Me cazan? Seguro que me cazan y no quiero ser cazado.»

Pero se preparaba para irse a la cita de su futuro suegro.

A las doce en punto entraba en aquella fortaleza.

Quedó como deslumbrado.

No le dejaban entrar, pero tan pronto dio su nombre, todos se inclinaron y se multiplicaron amabilísimos, lo cual, en el fondo, lo llenó de vanidad y eso que él no era vanidoso.

Aquellos astilleros eran como una fortaleza. Había montones de obreros. Y cuando avanzaba, vio aparecer a un joven que le entregó un casco.

—¿Qué es esto? —preguntó.

—Para que circule por los astilleros sin peligro, señor. *Mister* Brook le espera en su despacho.

Había que ser muy poco ambicioso para quedarse indiferente ante todo aquello. Y él era ambicioso.

Adiós a su libertad.

Se casaría. Estaba seguro que se casaría con la hija de Brook.

El mismo Brook salió a recibirlo con los brazos abiertos, un casco en la cabeza y aquel aire de sencillez que maravillaba.

Empezó a presentarlo aquí y allá, y no le faltó más que decir: «Dentro de poco lo tendréis sentado en el sillón de la dirección, porque va a ser mi yerno».

Se notaba que el viejo Brook andaba orgulloso presentándolo a todo el personal importante, sin soltar el brazo de su *futuro yerno*. Y después le hablaba como si aquellos astilleros fuesen suyos, de él, más que de sí mismo.

—La dirección es fácil —decía *mister* Brook eufórico y felicísimo—. Todo va sobre ruedas. Me enseñaron a llevarlo así y jamás me dio trabajo. ¿Te agrada?

Estaba cortado. Él, tan valiente. Tan decidido, en aquellos instantes estaba como si tuviera dinamita bajo sus pies, a punto de estallar en cualquier momento.

—Aquí están los despachos centrales —iba explicándole su futuro suegro, como si diera por hecho que lo sería—. Desde aquí, manejo yo toda esta mole. ¿Sabes lo que te digo? Pero, pasa, pasa.

Pasó.

El despacho era inmenso, con enormes ventanales.

Allá, a lo alto, se divisaba el palacete particular de los Brook. La carretera serpenteando. Casitas pequeñas por las esquinas de la carretera. Las gradas inmensas. Las quillas de los buques dispuestas. Y algunos buques enormes ya construidos.

—Te diré lo que pienso. Estoy deseando que alguien ocupe mi lugar.

Ernest se pasó los dedos por el pelo. Lo alisó maquinalmente.

—Estoy deseando, digo, hacer un viaje. Y no puedo. Tengo derecho a disfrutar un poco, y dispongo de un yate precioso, pero uno anda loco con tanto negocio, y no soy capaz de buscarme un mes o dos para mí.

Pero… ¿qué le contaba a él?

—¿Qué te parece esto?

—Gracioso.

—Siempre deseé tener un hijo que ocupara mi lugar, pero como tengo una hija, y la adoro, siempre tuve la esperanza de que se casara con un tipo fabuloso.

No le dijo que él lo era. Pero era como si lo dijese. ¡Fabuloso él! Vamos, era como para reír.

Mister Brook, ajeno a sus pensamientos, continuaba.

—El día que se case Maud, dejaré todo esto en poder de mi yerno, y hala, me daré el gusto de viajar en mi yate. ¿Sabes tú manejar un yate?

—No.

—Aprenderás.

—¿Aprender?

—¿Es que no te gusta navegar?

—Pues… sí, pero…

—Basta que te guste —consultó el reloj—. Te acompaño hasta la carretera que conduce a mi casa. Mi hija no me perdonará que te retenga tanto tiempo.

Estaba cazado.

Pero si se creía *mister* Brook que él iba a aguantar aquello después de quedarse viudo, estaba listo. Él no trabajó jamás en círculos cerrados.

No podría.

Él necesitaba espacio y aire, y trabajar cuando le apetecía, pero jamás cumpliendo una obligación laboral.

Ya podía aquel buen señor, porque bueno parecía que lo era, despedirse de su viajecito por el mar en su yate principesco.

Como *mister* Brook aún no había soltado su brazo, de camino a la carretera privada, iba presentándolo a todos los ingenieros, y los ingenieros tenían que ser tontos, si no adivinaban que un día u otro, él terminaría casándose con la hija de aquel coloso de la libra esterlina.

—Puedes subir a tu auto y rodar cuesta arriba —le decía *mister* Brook, ajeno a sus pensamientos—. Llegarás antes a la piscina.

—Sí, señor.

—Quédate a comer, ¿eh?

—Sí… gracias.

—Dile a Maud que estoy contento.

¿Pero qué tenía él para gustarle a *mister* Brook?

—Yo subiré a las dos en punto.

—Sí, señor.

Subió a su auto descapotable, color aceituna y lo condujo por la serpenteante carretera privada. ¿Adónde iba?

Aún tenía tiempo de escapar. ¿Y si diera la vuelta?

Evocó los labios de Maud.

¡Deliciosos!

Hum…

Diez

Nunca sabría decir Ernest Nesbitt cómo se vio comprometido con Maud. Ni en qué instante se consideró su novio, ni cuándo *mister* Brook pidió a París todo el equipo de novia de su hija.

Ni cuándo Maud se enamoró de él. Ni cuándo él se sintió complacido de sentirse amado por aquella chica. Lo cierto es que se vio en la víspera de su boda como si se viese ante el cadalso y, por un lado, como si la vida le produjera muchos sufrimientos, prefería aquel cadalso.

Maud le decía alguna vez.

—Si parece que estás ausente…

Estaba negro.

¿De veras deseaba él casarse?

Toda la vida solo. Toda la vida haciendo lo que quería y le gustaba hacer. Y, de repente… apresado en aquel compromiso y con aquella chica tan apasionada, tan… tan…

A él le gustaba que fuese tan apasionada, pero… iban a encarcelarle para toda su vida. Porque… aunque Maud se muriese al tener el primer hijo, no le retendría allí, en aquella casa, en aquel negocio, el hecho de ser padre de un nieto de *mister* Brook.

Otras veces le decía Maud, apretada en sus brazos:

—Te amo, Ernest. Nunca me ocurrió, ¿sabes?

Eso sí, daba gusto abrazar a Maud y besarla y todo eso. ¡Sí que daba mucho gusto!

También daba gusto ser el primer hombre en la vida de Maud, pero… ¿y su libertad? Su preciosa libertad. ¡Poder estar tan pronto en Londres como en Liverpool, como en París!

—He paseado con muchos chicos —le decía Maud sobre los labios, mimosa y apasionada como una gatita sin amaestrar—. Pero jamás me ocurrió como contigo. Te vi, me caíste bien y te quise casi en seguida.

Era grato. Muy grato, ser querido por Maud. Pero…

De todos modos, cuando se veía ante ella y Maud le decía aquellas cosas, y se las decía continuamente, él, contra todo y contra todos, se sentía feliz.

«Soy un canalla», se censuraba.

Pero seguía siendo como era.

Aquel día tenía a Maud entre sus brazos. Era la víspera de su boda.

Se casarían en la capilla del palacete. Asistiría todo el mundillo importante de Hastings y muchas otras personas venidas de lejos. Se hallaban solos en una salita de estar de la planta baja y Maud estaba pegada a él y le cruzaba el cuello con el dogal de sus brazos, y le besaba en plena boca.

—Que nos van a ver, Maud, querida.

Maud era así. Apasionada. Vehemente.

Muchas veces, él se decía: «Cualquier otro tipo de hombre, se sentiría felicísimo con ser su marido». Claro que en el fondo él también se sentía así y, además, como iba a morirse…

La verdad, la verdad, cuando se acordaba de que Maud iba a morirse, le entraba no sabía qué cosa por el cuerpo. Miedo. Eso es, miedo. Y remordimiento y mil cosas más que no sabía definir. Pero las desechaba en seguida.

Sacudía la cabeza y pensaba en otra cosa, y como Maud era una chica que no dejaba lugar para pensar mucho, pues todos contentos.

—Nos van a ver —decía.

Pero apretaba a Maud contra él.

—¿Sabes?

—No sé…

—Me gusta que me beses. Es… es lo más grandioso que me ha ocurrido nunca.

—Loca.

—Me gusta ser loca a tu lado.

—¿Y qué dicen todos tus amigos?

—Están rabiosos, pero yo voy a ser sólo tuya.

Además, seductora. Porque lo era. Y tan femenina. Tan… tan no sabía él cómo.

—Viene tu padre.

Pero Maud no se apartó.

—Maud, que le oigo venir.

—Sí.

—Querida.

—Otro beso nada más. Después te irás y no volverás hasta mañana. Pero mañana… mañana…

Papá apareció.

Y no le dio ni frío ni calor ver a los hijos enlazados. Casi al contrario, le brillaron los ojos de satisfacción.

—Oye, Ernest. ¿Puedes dejar a esa empalagosa y venir un segundo?

—Sí, señor.

—Qué manía de señorearme. Vas a ser mi hijo. Mi hijo, ¿sabes? Ni siquiera digo mi yerno.

Había que ser una hiena para no sentirse emocionado. Que un tipo como aquel le llamara hijo… Pero él debía de ser una hiena.

—Ven un segundo, muchacho. Tú ve a preparar algunas cosas que aún tienes abandonadas —le dijo a Maud, que aún se colgaba del brazo de su novio—. Luego nos reuniremos contigo y comeremos los tres juntos.

Maud soltó a su novio y Ernest se vio arrastrado por su futuro suegro.

—A mi despacho, Ernest.

Le siguió.

Mister Brook entró y cerró la puerta tras su futuro yerno.

—Siéntate ahí.

Parecía solemne. ¿Qué cosa le iría a decir? ¿Acaso había descubierto que su hija estaba enferma del corazón?

Mal asunto.

O quizás preferible.

Sí, casi era preferible y, de ese modo, él se vería libre de aquel compromiso que, si bien le halagaba y en el fondo debía gustarle bastante, también le pesaba lo suyo.

—Tú no tienes capital —empezó diciendo *mister* Brook con voz tonante.

«Hala», pensó Ernest, en el fondo casi como liberado. «Me va a echar de su casa.»

—No lo tengo —dijo con fuerza.

—Lo sé. Por eso te entrego esto. Es mi regalo de boda. Me molesta que tengas que depender de alguien.

Ernest quedó paralizado. Encima, eso. ¿Dónde se metía él? ¿Por dónde escapar y suicidarse?

—Es una cuenta corriente nutrida. No es grato casarse y pedirle dinero al suegro o a la esposa. ¿No te parece?

No recogió el sobre. Le quemaría los dedos. Él, que se casaba por el dinero, no pudo evitar ponerse en pie con violencia.

—¿Qué te pasa?

—No lo quiero.

Y aquello le salió como un grito furioso.

—¿Cómo?

—Que no lo quiero. Me quemaría los dedos.

—Pero…

—Que me los quemaría.

—Oye, un momento, es mi regalo de boda —levantó otro sobre del tablero de la mesa—. Éste es igual, y se lo regalo a mi hija.

—Pero…

—Lo tienes que admitir. Te admiro mucho por tu desinterés, pero no lo puedes rechazar.

Hala, encima eso. Sí, señor. Admirándole a él, que iba a contar los días para quedarse viudo. ¿Era tonto aquel tipo? ¿O qué era él?

—Mira, Ernest —decía *mister* Brook con voz temblona, emocionada, una voz que él nunca oyó en nadie—. Estoy muy contento. Tremendamente contento. Indescriptiblemente contento. Siempre he anhelado un buen marido para mi hija. Un hombre honrado, capaz de darlo todo por el cariño de Maud. Nunca imaginé que ese hombre lo encontraría en una persona madura como tú y responsable y todo eso.

¡Para morirse! ¿Qué podía hacer él? ¿Ponerse de rodillas? ¿Besar el suelo, a los pies de aquel cándido padre?

Sintió vergüenza. Sí, sí, vergüenza. Él, que tenía la cara más dura que el cemento, sintió vergüenza y se ruborizó.

—Que no se hable más del asunto —decía *mister* Brook casi a punto de llorar—. Estoy contento y satisfecho, y doy gracias a Dios de que te haya puesto en nuestro camino. Haréis un viaje de novios en el yate, por los mares que queráis. Lleváis una buena tripulación. Al regreso… te pondré al frente de todo el negocio. Yo viajaré un poco, que bien lo merezco, y tú llevarás toda esa mole. Estoy seguro de que lo llevarás mejor que yo.

—Señor…

Iba a decírselo. No podía más. Él también tenía su conciencia.

Pero el caballero, siguió diciendo.

—Si ahora fracasara esta boda vuestra, creo que me moriría.

Para colmo, aquello. Por eso cerró él la boca. Pero tenía que desahogarse.

Eso es, Frank. Tendría que ver a Frank aquella misma noche. Y decirle…

No sabía aún qué iba a decirle.

—Hala —decía *mister* Brook—. Ahora puedes ir a besar de nuevo a tu novia. Estoy contento. Muy contento.

Ernest no se movía. Aún tenía ganas de contárselo todo. Él era un tipo aprovechado. Pero su conciencia…

¿Qué pensaba él, que no tenía conciencia?

Pero salió de allí con su conciencia a cuestas, sin decir palabra de cuanto pensaba decir culpándose.

Once

Norma lo vio llegar y quedó un poco sorprendida.

Si Ernest se casaba al día siguiente no lo parecía. A juzgar por su pétreo semblante y las ojeras que circundaban sus ojos.

Seguro que la culpa la tenía Frank.

—Me gustaría ver a Frank, Norma —dijo Ernest con voz ahogada.

—Oh, pasa aquí, Ernest. Le avisaré.

Prefería avisar a Frank y pedirle que le dijera a Ernest toda la verdad.

Por eso, tras cerrar a Ernest en un salón, se fue directamente a la salita de estar y se enfrentó con su marido.

—Ahí tienes a Ernest.

Frank dio un salto.

Estaba en batín y calzaba chinelas. Parecía el marido feliz en el hogar feliz.

—¿Sí?

—Sí —casi le gritó su mujer—. Sí. De modo que dile la verdad.

Frank puso cara de bobo.

—¿Hay otra verdad que la de que él se casa mañana con la mujer más rica del mundo?

—¡Frank!

—Veremos qué quiere de mí.

—Vendrá a decirte que está loco por Maud y que…

—Se verá.

—¿Frank, por qué lo dudas?

—Porque Ernest es terco como una mula.

—Pero es un ser humano.

—Seguro. Un ser humano ambicioso hasta rabiar.

—Te digo…

La apuntó con el dedo enhiesto.

—Yo te digo a ti que ése se lleva la gran lección.

—¿Es que no se lo vas a decir?

—Según a lo que venga.

—Frank.

—Ni Frank, ni nada. Yo sé lo que me hago. A ése le hago yo entrar por el aro, quiera o no.

—Pero le estás martirizando.

—¿Tú crees?

—Frank, tanto que le aprecias y parece a veces que es tu peor enemigo.

—Es mi mejor amigo. Pero desconoce aún la naturaleza humana. Eso es muy importante.

—¿Importante, qué?

—Que la conozca —iba hacia la puerta—. Y Ernest no la conoce.

—Pero tú no tienes derecho…

—No te olvides —otra vez apuntándola con el dedo enhiesto— que además de médico del cuerpo, en muchas ocasiones soy médico del alma. Esta vez, con Ernest, me pasa eso.

—Pero tú le estás haciendo daño.

—No seas tonta, Norma. Tú no sabes el pedernal que es Ernest.

—Tiene muy mal semblante.

—Tendrá miedo de que su mujer no se muera.

—Frank.

—Lo dicho.

—Por favor.

—Por favor, te digo yo a ti, que te quedes aquí al margen de todo. Ve preparando la ropa que vamos a lucir mañana en la boda de nuestro buen amigo.

—Oh, Frank, a veces me desesperas.

—No te olvides que siempre me gustó la sicología humana.

—¿Y qué haces con ella?

—Conocer a la gente mejor.

—Oh, Frank. Ernest tiene muchas ojeras.

—Claro.

—¿Claro?

—Sí —siseó ya con la puerta medio abierta—. Sí. Está tan aferrado a su soltería, a lo que él llama su libertad, que el perderla le saca de quicio.

—Está enamorado de Maud.

—Ji.

—Frank.

—Ji, te digo.

Y salió, cerrando tras de sí.

Al llegar al salón vio a Ernest erguido, con la cabeza baja.

—Hola, Ernest. ¿Qué has perdido por aquí?

Ernest se volvió. En efecto, tenía ojeras y mal semblante.

Frank, tranquilo, amable, solícito, fue hacia él y le tomó el pulso.

De un tirón, Ernest recuperó la muñeca.

—Déjate de bobadas, Frank.

—Pero… ¿qué te pasa? Tienes muy mal semblante.

—Estoy hecho polvo.

—¿Sí?

—Frank… creo que voy a huir esta noche.

—Siéntate —dijo Frank sin inmutarse—. Ponte cómodo y cuéntamelo todo.

—Mira —dijo Ernest rápidamente mostrando aquel sobre que le regaló *mister* Brook.

—¿Qué es eso? ¿Tu partida de nacimiento? ¿Viene defectuosa?

—Déjate de bobadas, Frank.

—Te aseguro que no estoy diciendo bobadas.

—Pues lo parece. Es la cuenta de un banco.

—Ah… ¿Tenías tú cuenta?

—Me la regaló mi suegro —gritó Ernest como si perdiera la paciencia.

—Muy espléndido. *Mister* Brook es así… O manda a uno al diablo y jamás se acuerda de él, o lo colma de regalos. Tú has tenido suerte. Le has caído bien.

—Pues estoy que reviento.

—¿Por qué?

—Porque me da coraje, porque me da vergüenza, porque…

—¿Vergüenza? Pero, ¿tienes tú vergüenza?

—¡Frank!

—Perdona. Te casas por dinero, ¿no? ¿O es que ya amas a tu futura mujer?

Ernest guardó el sobre, se pasó los dedos por el cabello, los metió en aquel cabello una y otra vez, hasta alborotarlo.

—Calma, muchacho, calma. No hay nada más natural que amar a la mujer con la que uno va a casarse.

Ya iba a hacer caso a su mujer, cuando de repente dijo Ernest.

—Es fácil vivir con Maud. Y fácil ser feliz. Yo me siento a gusto a su lado.

Frank frunció el ceño.

—Pero aún sigues pensando que te casas con ella porque la pobre va a morirse.

—Bueno, tú entiende.

—¿Es, o no es así?

—Pues…

—¿Es o no? —gritó con furia irreprimible.

—Es —confesó Ernest, y no sabía si era sincero o no—. Pero uno tiene su conciencia, ¿sabes? No tiene nada que ver el atractivo de Maud, con la esplendidez de su padre. Lo es en verdad. Hasta abrumar. ¿Crees tú que puedo yo, honestamente, engañar a esta gente tan buena?

—¿Cómo? Pero… ¿no te has convencido todavía de que eres feliz convirtiéndote en el esposo de Maud, y en yerno de ese buenazo que es *mister* Brook?

—Pues… —juntó las dos manos entre las rodillas. Se le notaba muy nervioso. —Mi libertad… ¿Y si Maud no se muere?

Frank se levantó y fue hacia una campanilla que agitó como si estuviera degollando a alguien.

Apareció en seguida una doncella.

—Dos whiskys sin nada. Solitos —gritó.

—Sí, señor.

—Frank, no me oyes.

Frank prefería verlo muerto antes que tan sucio.

Pero ya aprendería.

O no conocía nada a Ernest, o éste aprendía a valorar los méritos humanos de los demás. Y hasta los suyos propios.

La doncella regresó con el whisky.

—Bebe —le dijo Frank como si mordiera—. Bebe y envenénate.

—Chico, qué poco me comprendes. Me hablas como si fuera un criminal.

Y lo era. En potencia, pero lo era.

Pero Frank no lo dijo.

—Entiende esto —decía Ernest ajeno a los pensamientos de su amigo—. Uno no es honrado. De acuerdo. Lo es a medias o tal vez lo es del todo, porque ese dinero me quema los dedos.

—Devuélvelo.

—Lo intenté.

Frank se animó.

—Ah… lo intentaste.

—Pues, sí. Pero el viejo Brook dijo que no. Pero lo peor no es eso. Lo peor es que cuando yo vuelva del viaje de novios con su hija, piensa irse él.

—¿Y qué? ¿No crees que se lo merece?

—Supongo que sí. Pero… ¿Y yo?

—Tú. Con tu mujer, ¿no?

—Y al frente de esa mole. Yo qué entiendo de eso.

—Te enseñarán.

—Frank, que yo no me entierro. ¿Me oyes? —era el vulgar pataleo, porque él sabía que tendría que hacerlo todo como estaba previsto—. Que soy como un pajarillo, que yo no soy una rata de oficina, que yo…

—Díselo así al viejo.

—¿Yo?

—¿Y por qué no?

—Frank, es imposible. Además, él tiene un alto concepto de mí. Y yo… yo…

—Tú te casas porque su hija está condenada a morir tan pronto tenga un hijo.

—¿Se morirá?

—Ernest, eres un cerdo.

Ernest puso cara de bobo.

—Mira, Frank, es que yo ya no sé si deseo que Maud se muera. Es muy gentil. Muy apasionada. Me gusta que me quiera. Me halaga, me emociona casi su cariño.

Habló y habló, pero no dijo que estaba enamorado de ella y que no deseaba que se muriese. Por eso, cuando al fin se fue más desahogado y convencido de que se casaba al día siguiente, Norma apareció ante su mudo y fantasmal marido.

—¿Se lo has dicho?

—Que le parta un rayo —gritó Frank como si golpeara al propio amigo—. Que le parta una centella.

Doce

Todo el mundo hablaba a la vez.

Todo el mundo, menos Ernest, que parecía una momia vestido de etiqueta, muy gentil, guapísimo con los ojos azules algo espantados.

¿Qué había hecho él?

Todo el mundo le daba la mano. Todo el mundo besaba a la preciosa Maud vestida de novia. Y él había dicho: «Sí otorgo, sí, quiero», y todo eso con voz vacilante.

Pero Maud lo dijo con energía.

—¿Qué tal?

Se volvió.

—Ah, eres tú, Frank.

—Ya estás casado.

—Adiós viajes a París —siseó—, adiós noches de juerga, adiós hacer lo que me dé la gana…

—Porras, Ernest —se apaciguó Frank, pues estaba a punto de atizar a su amigo una bofetada—. Tienes otras cosas.

—Sí, es verdad.

—No pareces muy convencido.

No pudo contestar, porque tras ellos apareció la alegría que era *mister* Brook.

Palmeó el hombro de los dos amigos, diciendo felicísimo:

—Si me dan ahora a elegir, entre mi fortuna y la boda de mi hija, me quedo dichoso con esta última.

Los dos amigos cambiaron una mirada.

Pero el viejo Brook no se dio cuenta. Siguió diciendo.

—Tanto como yo deseé este momento —dijo en voz baja, para que sólo le oyesen los dos—. Idos ya. Maud ha ido a cambiarse de ropa. Luego anochece, y el yate os espera anclado en el puerto. El capitán tiene orden de levar anclas tan pronto como vosotros estéis dentro. Ve a tu cuarto y cámbiate de ropa. El equipaje ya está en el yate.

—Usted piensa en todo —dijo Frank.

—Fui joven. Hay que aprovechar la juventud... —y apuntó a Ernest con el dedo enhiesto—. Oye, ¿eh? Ten mucho cuidado con Maud, es muy sensible y, además, es algo delicada.

Frank sonrió mirando de reojo a su amigo, como diciendo: «Si no la tratas bien, igual se te muere en los brazos». Y Ernest a su vez a Frank como diciendo: «¿Tú crees?».

Tanto lo entendió Frank así, que giró sobre sí mismo, y casi sin despedirse, se perdió entre los invitados.

El viejo Brook, feliz y satisfecho, palmeó el hombro de su yerno y le siseó bajísimo.

—Tenéis un mes y medio, muchacho. No aparezcáis por aquí. A vivir y a disfrutar. Pero, ten cuidado con Maud.

—¿Es que está enferma? —preguntó sin poderse contener.

Mister Brook le miró asombrado.

—¿Enferma? Bueno, delicada nada más. Es una muchacha frágil, y nunca fue demasiado fuerte.

—Oh.

—Pero, tranquilo, que eso no quiere decir nada.

¡Caramba, sí quería decir! Igual se le moría en el viaje.

Intentó buscar a Frank con los ojos, pero no lo encontró. Todo el mundo se movía a la vez y hablaba y se aturdía.

Sí, lo mejor sería irse.

—Creo que voy a hacer lo que me dice —murmuró algo alelado.

—¿Irte?

—Sí.

—Pues lárgate ya. Maud está en su cuarto de soltera. Entre tanto vosotros estáis de viaje, yo haré en el palacio algunas reformas. Os pondré una *suite* de aupa…

Todo era estupendo, pero él se sentía oprimido.

Como aprisionado.

Como si le encerraran en una jaula de oro.

Él, que tanto había viajado. Que siempre hizo lo que le dio la santa gana… Cierto que siempre se dijo a sí mismo que jamás se casaría, si no era con una rica heredera.

La verdad es que él no cedía su soltería si no era por algo importante, y he aquí que, de repente, encontraba la mujer rica, joven y además enferma, y se casaba con ella. Debiera de sentirse satisfecho. Sí. Mas, pese a todo y desconcertándose a sí mismo, no se sentía de ese modo.

Eso era lo más asombroso de todo.

Que debiera sentirse contento, y no se sentía así.

Tenía como un gusanillo dentro del cuerpo. Parecía que le roía las entrañas, como si una voz interior le estuviera diciendo cosas feísimas al oído y le machacara el cerebro.

—Hum…

Suspiró en voz alta, y *mister* Brook, que hablaba a su lado con no sé quién, se volvió hacia él empujándolo con energía.

—Pero… ¿aún estás ahí? Vamos, muchacho, vamos, domina tu emoción y márchate. Maud seguramente que ya te estará esperando.

—¿Y ésos?

—¿Ésos…? ¿Quiénes?

—Los invitados.

—Tú tranquilo —rió el viejo guiñándole un ojo—. De ésos me encargo yo. Les voy a dar el mayor banquete que se ha visto nunca. Vamos, vamos.

Le empujaba.

Ernest parecía un palo vestido de etiqueta. Se dejó empujar y tropezó con no sé cuántos invitados, que le decían más o menos:

—Pero, Ernest… parece que la emoción te ha paralizado.

—Enhorabuena, Ernest.

Un fresco se atrevió a decirle al oído:

—Menuda boda, chico.

Lo miró como si lo fulminara.

Por fin se vio en la primera escalinata que conducía al interior de la misma.

—Ernest.

Frank.

Se volvió y lo vio casi pegado a él.

—Ten cuidado —le recomendó Frank gravemente, sin que su amigo le dijera nada—. Las emociones pueden matarla.

—Hum… hum…

Y huyó de Frank, como si de repente, lo que Frank decía le sacara de quicio.

Se ponía la corbata ante el espejo, cuando sintió que se abría la puerta.

—¿Te… falta mucho?

Ernest sintió como si un sudor le invadiera.

Le gustaba. ¡Qué tontería! Le gustaba que Maud fuese como era. Tan linda, tan atractiva, tan apasionada, tan gentil y tan abierta. Pero… ¿merecía él tantas virtudes?

—Termino en seguida —dijo algo cohibido.

Él, cohibido. Era como para morirse. Él nunca fue tímido, ni cobarde, sino más bien lanzado, ambicioso, sobresaliente. Y hete aquí, que, de repente, no era nada de eso.

Maud entró y cerró la puerta.

Era una cosa gentilísima. Vestía pantalones blancos y un suéter graciosísimo de marinero azul.

Llevaba en la mano una bolsa de viaje y en la otra algo parecido a una capa o un abrigo.

Lo dejó todo sobre el respaldo de una silla y se metió entre su marido y el espejo.

—Oye… no me dirás que vas a llevar corbata.

—¿No? —preguntó con cara de bobo.

—Pues claro que no —dijo mientras se la quitaba—. Vamos en un yate. ¿No te das cuenta? Verás… —corrió hacia un armario y sacó una gorra de plato—. Mira, te pondrás esto y un pañuelo por debajo de la camisa ¿qué te parece?

Ella misma le puso la gorra y después le anudó el pañuelo y luego se quedó pegada a él, como si temblara.

Hubo un silencio. Electrizante. Raro.

Un silencio vibrante, si es que puede vibrar el silencio.

—Ernest...

Ernest no sabía qué hacer. Ni con los ojos, que se movían dentro de las órbitas, ni con las manos que le caían a lo largo del cuerpo, ni con la gorra que le oprimía el cráneo.

Pero Maud sí sabía lo que hacer consigo misma. Y levantó los brazos.

—Ernest —su voz se ahogaba—. Soy feliz.

—Sí —dijo él a lo tonto.

—¿Es que eres... tan tímido?

—¿Tímido?

—¿O te has vuelto tonto?

—¿Tonto?

—Ernest —Maud se ahogaba apretada contra él, cruzándole el pecho con cl dogal de sus brazos y buscándole la boca—. Pareces mi eco.

—¿Eco?

No dijo más.

Maud no se lo dejó decir.

Le besó en plena boca. Largamentc. Desesperadamente. Mucho tiempo. Tanto, que Ernest sintió como un loco arrebato.

¿Y si se le moría allí mismo?

La oprimió contra sí, la estrujó, la besó con desesperación. Después la soltó y quedó como jadeante.

—Ernest... ¿qué te pasa?

—No sé.

—¿Estás malo? Tienes cara de espanto.

No estaba malo. Estaba sintiendo que deseaba estar con Maud. Estar siempre con ella.

Maud decía, yendo junto a él, empujada por la mano que tiraba de ella.

—Pero, Ernest, ¿qué demonios te pasa?

No sabía ni él mismo qué le pasaba. Pero le pasaba algo, estaba seguro. Le pasaban mil cosas. ¡Ojalá supiese él qué cosas le pasaban!

De repente se vieron ambos en el interior del auto deportivo color aceituna, camino del muelle.

Ernest iba diciendo con voz ronca:

—¿Te sientes bien? Di, di. ¿Te sientes bien?

—Jamás me sentí mejor. ¿Oyes? Jamás mejor.

Y se apretaba contra su costado.

Ernest suspiró. ¿Y si se le moría durante el viaje? Empezó a entrarle un raro escalofrío.

Trece

Él había conocido a muchas mujeres. Infinidad de ellas.

Si se enamoró de alguna, a la mañana siguiente ya no la amaba. Él era así. No tenía culpa de ser así. Al menos, eso es lo que él consideraba de sí mismo. No se consideraba responsable de ser como era. Y, de repente, aquella mujer que tenía en sus brazos, era la suya, y le gustaba que lo fuese y se volvía loco con ella.

¡Muy loco!

La verdad era ésa y nada más. No había vueltas que darle. Se volvía loco, porque Maud tenía un montón de cosas que le gustaban. Todas las cosas de Maud le gustaban. Lo gatita que era. Lo apasionada que era. Lo mimosa que era. Lo vehemente que era.

Todo.

Maud no tenía ningún desperdicio, era completa. Una mujer que sabía ser niña, y una niña que era, rotundamente, una mujer.

Una voz interior, tal vez la de su subconsciente, le decía: «Y, además, millonaria».

Ernest sacudía la cabeza.

¡Qué más le daba a él! Millonaria. ¡Bah!

En aquellos momentos, le importaba un rábano que fuese millonaria. ¿Y de morirse? Ni acordarse. El caso era que la chiquita aquella era suya, su mujer, su amante, su amiga, su esposa.

Y la tenía en sus brazos, mientras el yate se balanceaba, y mientras en cubierta, filtrándose por los ojos de buey, se sentían las voces de los tripulantes.

«A babor y a estribor», decía el capitán.

El yate se balanceaba.

En el camarote apenas había luz. Pero estaba toda la luz de Maud, porque ella era toda luz.

—Estás tan callado —susurraba Maud.

—¿Callado?

—Sí. No me dices nada. Me amas, pero no me dices nada.

Ésa era la diferencia. Con las otras no amaba y decía un sin fin de cosas absurdas.

Con Maud no podía.

La amaba y no decía palabra.

—¿Es que… estás emocionado?

Pues sí.

Que se riera quien se riera, pero lo estaba. Profundamente emocionado.

Pero lo cierto, lo desconcertante, lo ¿absurdo? es que estaba emocionado.

—Ernest.

—Sí, cariño.

—Si me faltaras…

La tenía sobre él. La cerraba él contra sí. La apretó más.

¿Perderla?

No podría ser.

Pero en aquel momento no pensó que ella estaba condenada a morir. En aquel momento vivían los dos, y todo lo demás ni se pensaba.

—No me perderás.

—¿Te haría sufrir que tú me perdieras a mí?

—¿Qué dices?

Nada.

Maud ya no decía nada.

Cerraba los ojos, y djo bajito, mucho después:

—Te amo, Ernest. ¿Oyes? Te amo…

Nunca se lo dijo nadie de aquella manera.

De eso estaba Ernest bien seguro.

Nadie jamás se lo dijo así. Tan… tan profunda y sinceramente. Por eso perdió un poco el sentido.

Claro que, al fin y al cabo, era su noche de bodas.

—¿Te gusta el balanceo del yate?

—Me gustas tú, Maud.

—Dilo otra vez.

Lo dijo mil veces a media voz, hasta que empezó a amanecer.

No se oían voces en cubierta. Daba gusto estar allí y dormirse con Maud en brazos. Ernest pensó que era una ventura ser así y tener la dicha de poseer a una mujer como Maud.

Días y noches inolvidables. Días que pasaban como soplos. Horas que no se sentían. Momentos que dolían de tanta dicha. De tanto deseo, de tanta vehemencia, de tantísima ternura.

Podían ocurrir muchas cosas. ¡Infinidad de ellas! Pero Ernest Nesbitt jamás podría olvidar aquel viaje de novios de dos meses, por mares diferentes, parando apenas en puertos desconocidos. Viendo ponerse el sol y morirse la luna.

Viendo las estrellas bordar el firmamento y aparecer tremendos nubarrones.

Ya se conocían perfectamente el uno al otro. Ni secretos, ni dudas.

Maud jamás vio en Ernest una inquietud.

Siempre era igual. Sorprendente por sus salidas. Apasionado para amarla. Loco para poseerla. Delicado para atenderla.

A veces se metían en un saloncito del yate y ponían música, y la loca preciosa, apasionada por la música, le decía:

—¿Bailamos?

Eso ocurría aquella noche, casi dos meses después de iniciarse el viaje.

Fue la primera vez que Ernest pensó en la enfermedad cardíaca de su mujer.

—¿De veras quieres bailar?

Y le temblaba un poco la voz.

Maud lo miró entre asombrada y burlona.

—Sabes que me apasiona.

—Te apasionan tantas cosas…

—Todas, todas las que vengan a ti. Las que puedo hacer contigo, las que pienso hacer con tu cerebro y con el mío.

Era así. Acaparadora, subyugante.

Por eso la tomó en sus brazos, y en aquel su hacer tan viril, le tomó la boca con la suya.

—Ernest…

—Calla.

—No… —dijo mientras le besaba—. ¿No bailamos?

—Sí.

Pero seguía besándola. Jamás a él le ocurrió cosa igual.

Y la besaba más aquella noche, porque empezaba a entrar en él la zozobra del miedo. ¿Y si se moría? ¿Y si lo dejaba solo?

—Me gustaría tener un hijo —siseó Maud.

Ernest se espantó. Evocó las frases de Frank. «Si tiene un hijo, se muere.»

—¡Oh, no!

—¡No!

La soltó y dio la vuelta.

Maud se quedó asombrada.

—Oye —daba la vuelta en torno a él—. Oye... ¿es que no quieres tener un hijo mío?

Ernest sintió sudor en la nuca, en las sienes y en los dedos. Los restregó nerviosamente.

—Deja eso.

Maud no quería dejarlo. Si algo anhelaba, era un hijo de Ernest.

—¿Cómo? ¿Es que no quieres un hijo de los dos, de esto tan bello, tan... tan...?

—Te prefiero a ti.

—Pero... un hijo... Es lo más bello de este mundo, Ernest.

Ya lo sabía. Pero no. Tendría que andar con cuidado. Él no podía someter a Maud a tal prueba. ¡En modo alguno!

La necesitaba para sí. No importaban los hijos. ¡Importaba ella! Ella nada más. La llevaba dentro de sí, en la sangre, en el alma.

Sí, sí, tendría que tener mucho cuidado.

—Ernest...

Ernest no quería hablar de aquello.

Pero sí deseaba disipar la nube que aparecía en los bonitos ojos de su mujer.

—Vamos a bailar, Maud.

Y Maud, que era una apasionada bailarina, se olvidó del hijo que deseaba, y de la cara que ponía Ernest cuando ella lo mencionaba.

—Sí, cariño.

Bailaron.

Apenas si se movieron en un breve círculo.

En realidad se abrazaron tan solo y sin dejar de mover un poco los pies, se besaban con desesperación.

—Creo que nadie ha vivido una luna de miel como nosotros —decía Maud bajísimo, empinándose sobre la punta de los pies y buscando la boca de su marido.

—Nadie.

—¿Eres feliz?

—¿Me lo preguntas?

—No… Ya sé… ya sé… que lo eres.

Al día siguiente, el yate ancló en el puerto de Hastings, y, como era de esperar, *mister* Brook se hallaba de pie en el muelle esperando a su hija y a su yerno.

Rebosaban felicidad.

Durante dos meses fue recibiendo tarjetas de todas partes, y ya sabía que eran felices. Inmensamente felices.

Catorce

La vida en el palacete de los Brook no se diferenciaba mucho de la que vivieron en el yate. Al menos los primeros días.

Se diría que hasta la gente les molestaba.

Salían poco. Su vida de sociedad era nula.

Pero una noche, *mister* Brook les dijo mientras comían.

—Mañana empezarás a ir por los astilleros, Ernest. ¿No te parece que va siendo hora?

—Pues…

—Un poco más, papá.

—Ya no soy joven, Maud —decía el padre—. Prefiero que Ernest aprenda cuanto antes a desenvolverse allí. Además, anuncié a los empleados que mañana les presentaría al nuevo director.

Ernest se estremeció.

¿Qué sabía él de barcos?

—Es que yo no sé nada de eso.

—Aprenderás. Verás qué fácil es. Tan pronto estés al tanto, yo haré mi viaje. Ese viaje que he soñado tanto tiempo.

Por la noche, a solas en la principesca *suite* que el padre les había preparado durante el viaje de novios, Ernest estaba algo taciturno.

No es que no quisiera trabajar.

Quería. Además estaba seguro de que tendría que hacerlo. Pero... ¿cómo hacerlo? ¿Sabría él desenvolverse en aquel mundo de los negocios, de los grandes negocios? Él hizo siempre sus negocios. Cositas para ir viviendo. Pero aquello otro...

—Hum...

Maud corrió a su lado y se sentó en sus rodillas. Le cruzó el cuello con el dogal de sus brazos y metió la cabeza bajo la de su esposo.

—¿Qué te ocurre?

Él se hizo el despistado.

—¿Me... ocurre algo?

—Sí. Y toda la culpa la tuvo papá. Desde que te habló de empezar mañana...

—Algún día tendré que hacerlo.

—Pero estos días son nuestros. Ya le diré yo a papá...

—No —la aferró contra sí—. No...

Tenía miedo. Él nunca tuvo miedo a nada. Y empezaba a ser un tipo miedoso. Miedo de fracasar en su empeño de complacer al viejo Brook, y miedo de que Maud tuviera un hijo.

Ni en su mente daba cabida a aquel miedo. Pero existía. Mal que le pesara, existía. Estaba fijo, como incrustado en su cerebro.

No quería perder a Maud. No quería. ¡No podía! Maud era toda su vida. Toda su vida física, toda su vida moral, toda su vida espiritual.

—¿Qué te pasa?

—¿Me… me… pasa algo?

—Estás temblando.

—Oh, no, no. No es nada.

—Vamos a la cama, cariño. Aquí, medio desnuda como estoy, voy a coger frío. Anda, mi amor.

Daba gusto irse con ella. Lo llenaba todo. Todo lo encendía. Pero… ¿y si tenía un hijo? Aquella idea le aterraba. Por eso, Maud, a veces, le reprochaba.

—Cómo eres… No sé qué te pasa.

¡Qué sabía ella de lo que le pasaba a él!

—¿Sabes que a veces —decía Maud bajísimo— te vuelves frío?

No era frío. Es que tenía que ser frío. Es que se dominaba. Tendría que ir a ver a Frank. Y decirle… ¿Decirle, qué?

¿No lo dijo Frank ya todo lo que podía decirle?

«Un día se muere en mis brazos», pensaba desesperado. Y aquella visión le enloquecía.

Por eso pensó aquella noche enfrascarse en el trabajo. Eso, eso tal vez disipara en algo aquella obsesión.

Cuando Maud despertó, Ernest ya no estaba, ni en la cama que ambos compartían, ni en la *suite*.

Le llamó a gritos. Y como no contestaba, pulsó el timbre y apareció su doncella.

—¿Dónde está el señor? ¿Sabes si está en la piscina?

—Se ha ido con *mister* Brook.

—Oh.

Pasó un día horrible. Una mañana interminable. Intentó entretenerse. Pero no hizo más que dar vueltas y vueltas.

Cuando lo vio aparecer al mediodía, acompañado de su padre, corrió hacia ellos y se colgó del brazo de su marido, mientras reprochaba a su padre.

—Te lo has llevado cuando más lo necesitaba, papá. ¿Qué manía tienes de que Ernest trabaje?

—Una cosa es el matrimonio y la felicidad del mismo y el placer del amor —dijo el padre serio— y otra la obligación personal de toda persona que sea responsable de un negocio de construcción de buques.

—Papá, eres un ingrato.

Ernest miró amorosamente a su mujer, le palmeó un hombro, por donde pasaba su brazo, y dijo con ternura:

—Tu padre tiene razón. Me gusta el negocio. Me gusta mandar allí y hacer cosas. Me gusta mucho, querida mía.

Pero Maud no esperó ninguna otra razón. Se lo llevó con ella a la suite.

Mister Brook pensaba irse de viaje, y antes concertaron sus secretarios una entrevista con el médico, con el fin de hacerse un chequeo antes de partir.

Allí estaba, en el consultorio de Frank, y Frank, que no sabía nada de las andanzas de su amigo Ernest, se restregaba las manos satisfecho, diciéndose que al menos, por conducto indirecto, sí sabría cosas de su ambicioso amigo.

—De modo que se nos marcha usted, *mister* Brook.

—Pues así es, hijo —andaba desnudo por el consultorio, sometiéndose a este y a aquel reconocimiento—. Estoy muy contento. Hace un mes que mis hijos han regresado. ¿No los has visto?

—No.

—No salen. Son como dos conejos. Todo el día solos. Todo lo que pueden, que no es tanto como antes, pues Ernest está trabajando.

—Ah... su yerno trabaja.

—Y mucho. Estoy como loco.

—¿Sí?

—Entendió el asunto de maravillla. Tiene inteligencia, iniciativa, humanidad, comprensión... Un tipo estupendo. Esperé un mes para irme. No podía dejar todo el negocio bajo su responsabilidad, sin saber si valía para ello. Pues vale. Y te digo que mucho.

—Maud estará muy contenta.

—Qué va.

—¿Ah... no?

—Ya sabes cómo son las mujeres enamoradas. Se ponen insoportables —bajó la voz—. ¿Sabes lo que te digo? Por su forma de comportarse, yo diría que está embarazada, pero Ernest es tan ciego, que ni lo ve. Maud todo el día le está reprochando a su marido que anda lejos de casa. Claro. El negocio ocupa mucho tiempo, y Maud es una... Bueno, ya sabes tú cómo son las mujeres que se enamoran así.

—También Ernest estará enamorado —dejó caer.

—Claro. Como un topo. Pero es más sereno que ella.

El tunante de Ernest.

Seguro que esperaba como un loco que Maud tuviera un hijo y pasara a mejor vida.

El muy...

Pero el viejo seguía diciendo.

—Le he nombrado director. Está haciendo él unas innovaciones, ¿sabes? Pero merece la pena. Creo que el negocio subirá como la espuma. Estos chicos jóvenes tienen iniciativas que a nosotros nos pasan inadvertidas.

—¿Le gusta el trabajo a su yerno?

—Muchísimo.

—Ahora estese quieto, *mister* Brook.

Lo estuvo.

Al rato dijo Frank.

—Mañana le daré el resultado, pero desde ahora le digo que podrá hacer el viaje sin temor alguno.

—El trabajo endurece.

—Supongo que sí.

—Gracias, muchacho. ¿Qué te debo?

—Nada.

—¿Cómo que nada?

—Soy amigo de su yerno.

—A propósito. No le has visto, me has dicho, ¿verdad?

—No le he visto.

—Ven a cenar con nosotros esta noche. Llévate a Norma.

—Gracias. Lo haré.

—Ya me marcho. Ernest quedó en venir a buscarme dentro de diez minutos a la oficina del Banco Central. Está aquí mismo. Hasta allí iré a pie. De los honorarios ya hablaremos —dijo riendo, al tiempo de estrechar la mano que el joven le tendía.

—Olvídese de eso.

—Además, te estoy agradecido por haberle presentado tu amigo a mi hija. Eso sí que no lo olvidaré —bajó la voz y guiñó un ojo a Frank, con aquella gracia tan suya—. Fue el mejor negocio de mi vida.

—Me alegro, señor.

—Os espero esta noche.

—Sí, señor.

—Gracias por todo, Frank.

—Estoy a su disposición.

Cuando se fue *mister* Brook, Frank se quedó pensativo.

¿Habría Ernest cambiado?

Lo vería por sí mismo. No era fácil que Ernest cambiase, pero… ¡quién sabe!

Quince

Maud estaba muy disgustada.

Eran las nueve de la noche y, desde la mañana al despertar, no volvió a ver a su marido.

La culpa la tenía su padre, pero también Ernest era culpable. El trabajo. ¡El negocio! ¿Y ella?

Ella, que estaba deseando ver a Ernest, se pasaba el día sola en aquel palacio que se le caía encima.

Oyó la conversación de su padre con su marido, y decidió esperar.

Como tenía la ventana abierta y las voces procedían del jardín, (seguramente que regresaban de los astilleros en aquel instante), cerró la ventana de golpe. No deseaba que nadie oyese lo que ella tenía que decirle a su marido.

Empezó a pasear de un lado a otro de la estancia, con las manos apretadas bajo la barbilla.

Iba a tener un hijo. Pero como castigo, no se lo diría a Ernest. Hala, para que rabiase.

¿Qué era eso de abandonarla tantas horas? ¡Con lo enamorada que estaba ella de Ernest!

Y Ernest metiéndose en negocios, y olvidándose de que estaba casado. Por las noches decía que estaba rendido. Por las mañanas tenía prisa.

¿Cuántos días hacía que casi no tenía ni un contacto con él? Un beso, una simple caricia, parecía que Ernest huía de ella.

Pues aquello tenía que acabarse. O le decía por qué y cambiaba todo o se separaban. Eso es.

Iba a llorar.

Pero ella era fuerte. Muy fuerte.

Oyó sus pasos y se preparó al ataque. Había que ponerle los puntos sobre las íes, en aquel mismo momento.

—Maud —entró Ernest diciendo, ajeno al enojo de su mujer—. Tenemos invitados.

—Tenemos cuernos.

—¿Qué?

—Eso.

—Pero…

La miraba asombrado.

—¿Qué te pasa?

—¿Y te atreves a preguntármelo?

—Pues…

Maud le apuntó con el dedo enhiesto.

—Por la noche tienes sueño, estás rendido. Yo no lo estoy nada, ¿te enteras? Y por el día ni te veo el pelo. ¿Crees que ese es comportamiento?

Ernest empezó a sudar.

Siempre sudaba cuando algo gordo le ocurría. Y aquello era muy gordo.

No podía someter a Maud a un terrible desenlace. Nada de hijos. Nada de agitaciones. Él bien sufría, pero… había que hacer las cosas como él las estaba haciendo, al menos mientras no hablara con Frank. Y lo que iba a decirle Frank, ya lo sabía él, por eso evitaba el estar mucho tiempo a solas con su mujer.

Sí, sí. Ya estaba dicho. Él no quería que Maud se muriese. Si a Maud le ocurría algo, él se mataba.

—Sí.

Que nadie lo dudase.

¿Y qué hacer para que Maud no tuviera un hijo? Pues huir de ella. Y es lo que hacía.

Pero como no podía decírselo, y algo tenía que decir, se disculpó como pudo, achacándoselo al trabajo.

—Entiende, querida. El negocio… da muchas preocupaciones. Me olvido un poco de que tú me esperas… Pero te quiero, ¿oyes bien? Te quiero. Y mucho. Dios mío, con toda el alma.

Iba a besarla.

Pero Maud le dio un empujón.

—Quita, no te acerques… Tu cariño es muy cómodo, ¿no?

—Maud, comprende…

—¿Qué he de comprender? —parecía una niña a punto de llorar. A Ernest se le partía el corazón. —¿Qué te pasas la vida a tu manera y yo te necesito y me aguanto sin ti? ¡Pues no! ¡Esto no puede ser!

—Maud querida…

Iba a tocarla, pero Maud retrocedió, ocultando la cara entre las manos.

Ernest fue hacia ella con ademán desesperado.

—Querida, comprende…

—No comprendo —gritaba Maud—. Sé que estoy loca por ti, que tú no te enteras y que me dejas sola casi todo el día. ¿Te parece eso normal? Pues mira —volvía los ojos llorosos hacia él—, te digo que si las cosas siguen así, te dejo. Me separo. Me divorcio.

—¡Maud!

—Lo que oyes.

Y furiosa, salió del cuarto.

Ernest se pasó los dedos por el pelo.

Estuvo un rato tenso. Después, despacio, bajó hasta la primera planta.

Tenía como invitados a Norma y a Frank, él, el responsable de un negocio de construcción de buques.

Cauteloso, eso sí. Pero hablaría con él.

Como la visita ya estaba allí cuando Maud bajó al salón, hecha un basilisco, pudo disimular su enfado.

Prefirió saludarlos afablemente y, mientras Frank tomaba una copa con su padre, ella se emparejó con Norma y empezó a contarle cosas maravillosas de su viaje de novios.

Norma se dio cuenta de que Maud estaba perdidamente enamorada del sinvergüenza del amigo de su esposo. Y cuando vio aparecer a Ernest en el salón, con cara de taciturno, se preguntó si es que ya estaba cansado de su papel de esposo y se iría cualquier día de Hastings, dejando plantados al padre a la hija.

Pero Ernest se acercó a ella, la saludó gentilmente, con aquella educación y corrección suya y, luego miró a Maud con ansiedad.

—¿Estás mejor, cariño?

Notó que Maud estaba enfadada con Ernest. Y notó, asimismo, asombradísima, que Ernest lo sentía de veras.

Por lo visto, el escurridizo se había enamorado de verdad.

Ella conocía muy bien a los hombres que estaban enamorados, y no le cabía duda alguna de que aquél lo estaba.

Como Maud, por lo visto, estaba muy enfadada, él terminó por irse cejijunto y abstraído.

—Eres un poco dura con él —le dijo Norma cautelosa, con el fin de saber algo de la verdad que les ocurría a aquellos dos.

Maud estaba a punto de estallar.

Por eso asió a Norma por un brazo y se fue con ella hacia la terraza.

—¿Cuánto tiempo tardó tu esposo en… en… bueno, en ser menos apasionado contigo?

—No te entiendo.

—Quiero decir que cuánto tiempo, después de casaros, Frank tardó en verte a ti… como una amiga.

—Ah.

—¿Cuánto?

—Pues… nunca.

—¿Ni ahora?

Norma se ruborizó un poco.

—Ni ahora.

—Ya ves.

—¿Qué he de ver?

—Pues mi marido fue muy apasionado durante el viaje de novios. Después de ponerse a trabajar… como si yo fuese un poste.

—¡Maud!

—Y voy a tener un hijo.

—Oh.

—Y no se lo digo.

—Pues haces mal.

—¿Después de tratarme como si yo fuese… un palo?

—Maud.

—Un palo. Nada. Que se levanta al amanecer, y un jefe no precisa estar tan pronto en la oficina. Se olvida de que yo me quedo aquí. Y regresa por la noche. Come, se acuesta antes de que yo suba. Un asco, Norma. Un asco. Estoy loca por él, y él... como si yo fuese... una porra. Nada.

Tendría que hablar ella con Frank.

¿Cómo era posible que el tal Ernest lo disimulara tan mal? ¡Qué hombres más egoístas!

Y luego decía Frank que Ernest era un buen chico, y que aprendería la lección, y que se enamoraría de Maud.

—¿Tú lo tolerarías, Norma?

—Pues... —dijo algo que tranquilizó un tanto a Maud—. Tal vez esté enfermo.

En eso sí que no pensó Maud. Dio un salto. Empalideció.

—¿Enfermo?

Norma no lo creía así, pero para tranquilizar a Maud...

—Puediera ser.

—Oh, no. Pobre Ernest. No quiero ni pensarlo. Tanto como yo se lo reprocho... Y si está enfermo...

—Mujer... el que yo lo diga no quiere decir que sea así...

—¿Y si aciertas?

—Pues...

—Pues yo soy una desnaturalizada. Tengo que preguntarle a Ernest. Tal vez él no se atreva a decírmelo. Pobre cariño...

—No he dicho que lo estuviese, Maud —se asustó un tanto Norma.

—De todos modos, puedes acertar.

Mister Brook llegó hasta ellas y les preguntó no sé qué.

Al otro lado del salón, Ernest y Frank bebían una copa, mientras *mister* Brook empezaba a referir con entusiasmo a las dos mujeres, lo que haría durante su primer viaje de recreo.

Éstas le escuchaban con interés.

Mientras los dos amigos se disponían a aclarar las cosas que sobre todo a Ernest le preocupaban.

Dieciséis

Ernest tenía la copa en la mano, pero no bebía. En cambio, fumaba afanosamente.

—A ti te pasa algo.

Claro que le pasaba.

No sabía nadie el esfuerzo que le costaba huir de su mujer. Pero tenía que huir.

—Ernest… ¿qué ocurre?

—Las cosas no van bien.

Frank frunció el ceño.

—En los astilleros…

—¡Qué va! Ahí todo marcha sobre ruedas —esbozó una triste sonrisa—. ¡Quién me lo iba a decir! Yo trabajando en un despacho, fijo, seguro de mí mismo. No, no es por ahí.

—¿Maud?

—Maud.

—Pero… ella te ama. Puedes estar satisfecho.

—Ya.

—¿No lo estás?

—Maud se queja —dijo sin ser del todo sincero.

—¿De ti?

—Pues sí.

—¿Qué le haces?

—Eso. Nada.

—¿Nada?

—¿Y si se muere?

Frank abrió mucho los ojos.

—¿Morirse?

—Al tener un hijo.

—Ah.

—Comprenderás que yo… Bueno, no quiero tener ese remordimiento.

—¿Sólo remordimiento?

Ernest estalló. Agarró a su amigo por el brazo y lo llevó hasta la terraza.

—Estoy loco por ella —dijo sordamente, y Frank supo que era cierto—. Loco, pero… me da miedo perderla. Me da un miedo loco. No soy capaz de tocarla. La beso y huyo.

—No acabo de entenderte.

—¿Y si tiene un hijo y se muere? ¿Y yo me quedo solo? —se disparaba—. Y me muero tras ella. Porque si ella me falta, yo me muero, ¿oyes? Me muero.

Frank se mojó los labios con la lengua.

Pensó decírselo. Incluso abrió los labios para hacerlo, pero los volvió a cerrar.

Hala, que aprendiera Ernest. Un poco más de sufrimiento, no le venía mal.

—O sea, que cambiarías toda tu fortuna por la salud de Maud.

Ernest levantó la cabeza como si se la empujaran.

—Todo. Todo lo daría por la salud de Maud.

—Díselo a ella.

—¿Cómo?

—Que le preguntes por su salud.

—Estás loco. Ella no lo sabrá jamás. No se lo digas tú a ella. ¿Oyes? No se lo digas a ella.

—Yo, no. Pero… tú…

—Nunca.

—Y te cuesta prescindir de ella.

—Mucho. Sufro —se pasó los dedos por el pelo como si los arrastrara—. Es… es desesperante.

—¿Qué dice Maud?

—Se queja.

—Claro.

—Estoy medio loco. Creo que no podré seguir así.

—¿Y qué vas a hacer?

—No lo sé. Pero tenerla cerca y no tocarla, y saber que es mía y ella está deseando serlo… me desquicia. Creo que en un arrebato de locura me iré y la dejaré, y me dejaré morir en cualquier esquina. Como lo que soy, un indeseable.

—A comer —dijo *mister* Brook apareciendo.

Frank hubiera querido decirle a su amigo lo que pasaba, pero no le fue posible, porque *mister* Brook acaparaba toda la conversación con la novedad de su próximo viaje.

Y lo lamentable del caso es que él y Norma terminaron despidiéndose a las dos de la mañana, sin que él pudiera hablar con Ernest para decirle que su mujer jamás tuvo una lesión de corazón.

Así que, cuando se vio en el interior del auto con su esposa Norma, se lo contó todo.

Y Norma dio un brinco terrible.

—¿Qué te pasa?

—Maud va a tener un hijo.

—¿Qué?

—Y no quiere decírselo a Ernest, debido al comportamiento frío de él.

—Dios nos asista.

—Y todo eso lo has levantado tú.

—Norma.

—Toda la culpa la tienes tú.

Frank detuvo el auto.

—¿Qué vas a hacer?

—Hablar desde esta cabina telefónica.

—¿Qué dices?

—Hablar con Ernest. Tengo que decírselo. ¿No te das cuenta? El matrimonio se va a destruir si yo no hablo. Ernest, por no dañar a Maud, por no perderla, la está dañando más. Un segundo, cariño.

—Armas cada jaleo —se lamentó la esposa.

—Se lo merecía, qué porras. Aguarda.

Ernest no sabía qué decir.

Andaba por la alcoba, descalzo y en pijama. Maud estaba dentro del baño. Cuando saliera le diría… le diría… le diría… ¿Qué podía decirle?

Se pasó los dedos por el pelo.

Sentía el agua correr en el baño.

Si él pudiera entrar.

En cualquier momento, antes, durante su viaje de novios, entraba y terminaban los dos mojados. ¡Qué tiempos aquellos!

Rimmm, rimmm…

Porras. ¿Quién podía ser? A tales horas.

Seguro que Maud no oía el timbre del teléfono, debido al agua que corría en la bañera.

—Diga —preguntó de mala gana.

—Ernest, soy yo.

—¿Frank?

—Sí. Oye... oye... te engañé.

—¿Qué dices?

—Que te engañé. Que tu mujer nunca estuvo enferma del corazón. Que te engañé porque me pareciste un monstruo humano. Eso. De modo que entérate de que no pasa nada, y de que tu mujer le ha dicho a Norma que va a tener un hijo. De modo que...

—Eres un bestia.

Y colgó.

Empezó a dar saltos. Parecía un loco.

Cuando apareció Maud en el umbral con su precioso camisón de espuma transparente y aquel aire de niña ofendidísima, Ernest dejó de dar saltos y se quedó mirando a Maud como si fuese un tonto.

—¿A ti qué te pasa?—preguntó Maud elevando la barbilla.

Ernest respiró muy fuerte. Y después corrió hacia ella.

—Pero, Ernest...

Ernest no la oía.

La levantaba en vilo, daba vueltas con ella, la besaba, la posaba en el suelo y luego terminó por tirarla allí y quedar él sobre ella.

—Ernest.

—Estoy loco, loco, loco por ti.

—Pero…

—Perdóname.

—Pero…

La besaba. Se olvidaba de todo. Tanto tiempo doblegándose.

—¿Cuánto?

Dos semanas, tres…

Era una locura estar allí con Maud.

—Pero, cariño…

—No me preguntes nada. Creo que estuve enfermo. Pero ya pasó. Ya pasó.

—Enfermo…

Y se aferraba a él como si también enloqueciera.

—Enfermo, y yo reprochándote tu abandono. Oh, oh, oh…

Ya no dijo más oh.

Mucho tiempo después, le decía al oído.

—Voy a tener un hijo.

La estrujaba. ¿Iba él a llorar? ¿Pero tanto había cambiado él?

Tanto.

—Ernest, ¿no me oyes?

—Te… te beso.

—Si parece que tienes la cara mojada.

—No. Es que… estoy emocionado. Muy… muy emocionado.

Y de nuevo empezaron a quererse. Era como una locura inefable.

Maud decía tantas cosas, que ya no sabía qué cosas decía.

La maestra

Beatriz Falcó (Triz) deja su trabajo de enfermera en un hospital y a su incondicional amigo y enamorado, el cirujano Luis Gil de Lecca, para ejercer como maestra en un pueblecito de la montaña. Su fuerza y capacidad de entrega le animan a enfrentarse a un mundo hostil que rechaza cualquier intento de civilización. También cuenta con el cariño de sus alumnos, especialmente el de Raf, una criatura tan necesitada de amor maternal como ella lo está de proporcionarlo.

Pero el padre del niño, Rafael Maturana, despertará en Triz sentimientos incontrolables y llenos de culpa, pues se trata de un hombre casado con una mujer odiosa que no dudará en perjudicarla. Mientras tanto, extraños sucesos sacuden la vida del pueblo y hermosas cartas de su admirador confunden el alma de la maestra.

Un hombre y una mujer

Al quedar viudo, Jusepp Lemaire, jardinero del castillo de los Cutlar, decide partir en busca de una fortuna y posición que ofrecer a sus hijos. Perla, la mayor, es altiva pero frágil, Nemie es noble, humilde y fuerte de espíritu, y Leo, el benjamín, es un inocente bebé.

Ahora Jusepp exige a lady Cutlar que dé amparo a sus hijos en pago de un viejo favor. En realidad Perla es la sobrina de milady nacida en escandalosas circunstancias, y a la que los Lemaire aceptaron como propia, si bien ha sido educada junto al cruel y despótico heredero, Lawrence, que ha jurado desposarla.

Los Cutlar se van a vivir a Londres. Pero diez años después regresan y el joven lord queda fascinado con Nemie, convertida en el ideal de mujer. Las convenciones sociales y el orgullo de Perla se interponen pero, por encima de todo, ellos son un hombre y una mujer.